KB114533

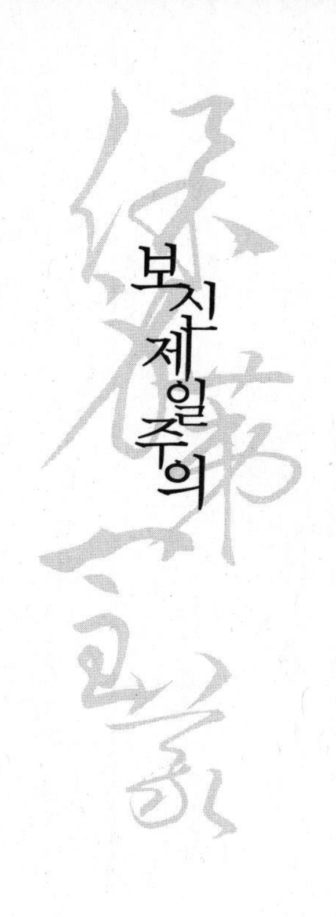

보시제일주의

보신제일주의 1

김용진 新무협 판타지 소설

초판 1쇄 찍은 날 § 2016년 3월 22일
초판 1쇄 펴낸 날 § 2016년 3월 29일

지은이 § 김용진
펴낸이 § 서경석

편집책임 § 한준만
디자인 § 신현아

펴낸곳 § 도서출판 청어람
등록번호 § 제387-1999-000006호
등록일자 § 1999. 5. 31
어람번호 § 제2-2645호

주소 § 경기도 부천시 원미구 부일로 483번길 40 서경B/D 3F (우) 14640
전화 § 032-656-4452 팩스 § 032-656-4453
http://www.chungeoram.com
E-mail § chungeorambook@daum.net

ISBN 979-11-04-90696-1 04810
ISBN 979-11-04-90695-4 (세트)

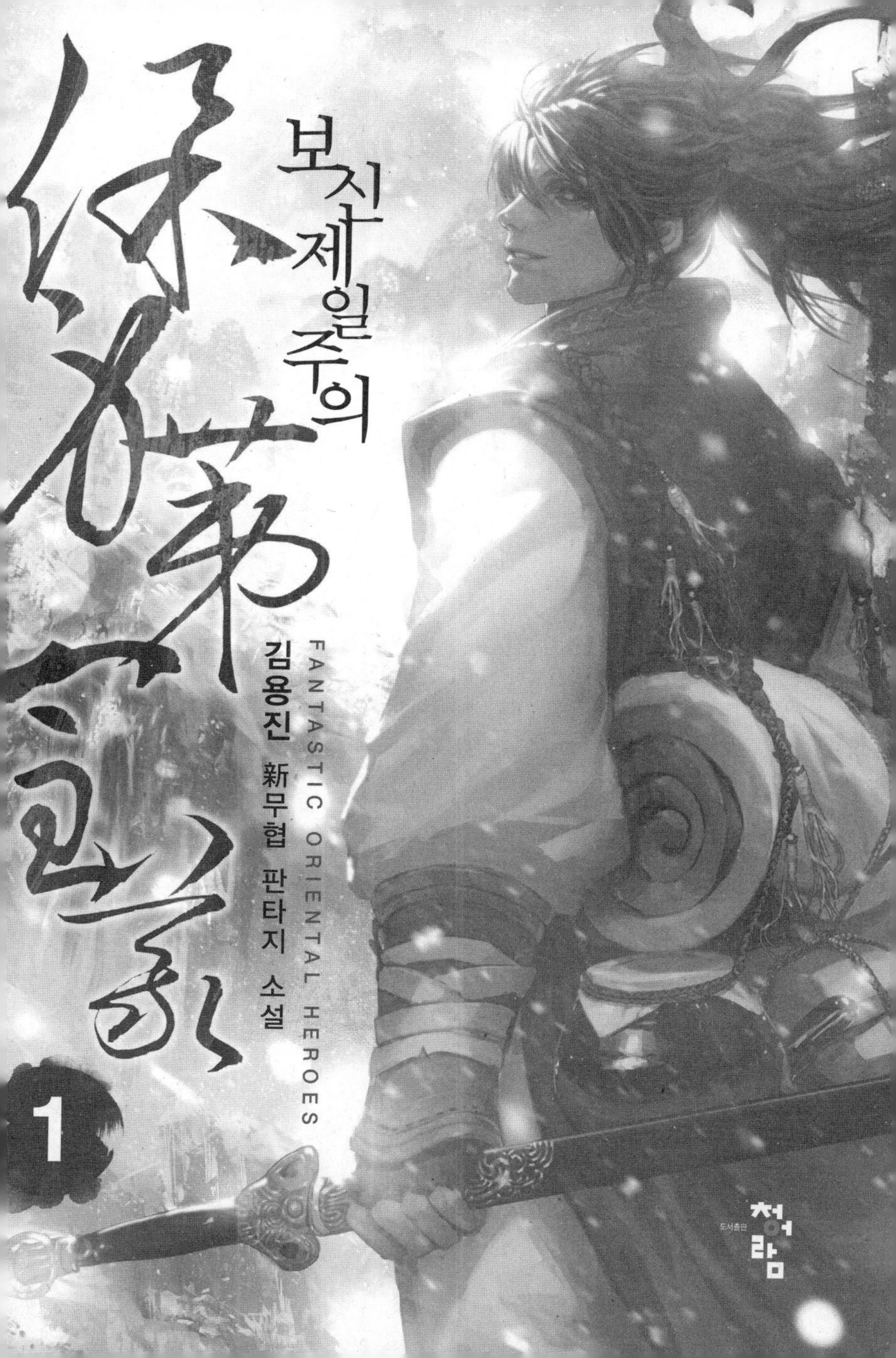
보시제일주의
FANTASTIC ORIENTAL HEROES
김용진 新무협 판타지 소설
1
도서출판
청람

보신제일주의

서장

세간에서 소위 삼주(三柱)라 부르는 세 가문이 있다.

세 가문은 하나같이 거대한 세력과 부를 가지고 있고 황제 다음가는 권력을 지녔다고 일컬어진다. 그리고 그중 하나인 천문단가(千文團家)에서 오대독자가 태어났다.

오대독자가 태어난 단가는 경사에 어울리지 않는 침울한 기색이 감돌고 있었다.

"아직도 천년설삼을 다 구하지 못하다니……."

한숨을 내쉬는 쪽은 천문단가 십육 대 가주이자 황제의 신임을 받는 청백리이며 현 내각대학사인 단리명(團理明)이였고…….

“죄송합니다. 천금을 풀어 찾고는 있습니다만… 워낙 귀한 물건인지라…….”

땅에 머리가 닿을 듯 허리를 숙이고 있는 쪽은 가진 바 금을 다 풀면 북경에 있는 모든 기와를 금으로 만들 수 있다는 백금장(百金場)의 총관 거석영(車石營)이었다.

“아무래도 이러다간 다른 약재도 약효가 상할 테니 두 달 안으로 해결하지 못하면 구할 수 있는 오백 년 미만의 삼들을 대량으로 사용하는 것밖엔 방법이 없겠군요.”

옆에서 수염을 쓰다듬는 것은 점창 오대장로의 한 사람이자 분광검의 달인인 무진자(無塵子)다.

“으음. 내 아들의 건강을 위해 영약 하나 만들겠다는 게 그리 어려운 일인가!”

당연히 그리 어려운 일이 아니다.

어느 정도의 명문가라도 대를 이을 남아가 태어나면 그때부터 백 일, 또는 일 년간의 연공으로 빚은 영약이나 보약을 복용하는 것이 드물지 않았으니 삼주라 불릴 정도의 가문이라면 더 말할 나위도 없었다. 하지만 이번 일은 정도가 달랐다.

“백 일 안에 호심단 백 알을 만드는 건 당연히 어렵지 않겠습니까."

호심단.

호체보심신선단이라는 이름으로도 불리며 백 일간의 연공과 함께 매일 하나씩 먹으면 신선이 될 수 있다는 말이 나올 정도의 영약이다.

물론 소문에 불과하고 아이에게 맞춰진 영약이기에 토대를 닦고 순수한 기를 쌓아 몸을 깨끗하고 건강하게 하는 효능이 있는 정도지만, 백 개를 만드는 것은 상당한 무리가 있는 일이다.

대개는 많아야 열 개 정도가 한 아이에게 복용되며 이는 소림사나 무당파에서도 마찬가지이다.

장문제자에게도 열 개를 사용하면 한동안은 문파의 허리를 졸라매야 한다.

단 열 개를 만드는 데 들어가는 약재만 해도 어지간한 대문파의 일 년 예산을 웃돌 정도로 희귀하고 비싼 약재들이 사용되는 데다, 제작에 필요한 인원도 웃어넘기기 힘들 정도이기 때문이다.

연단가 다섯 명이 오행의 법칙에 맞춰 각 속성의 재료를 손질하고, 제작 과정을 도울 일류 이상의 고수 열 명이 필요하며, 최후의 연단 과정에는 절정고수 세 명이 필요할 정도의 대작업.

그렇기에 한 세대에 단 한 명에게만 주어지는 특권인 것인데 지금 단리명은 한 번에 백 개를 만들어내려 하고 있었다.

애초에 돈이 문제가 아니라 재료가 되는 약재의 물량이 모자라다.

특히나 가장 중요한 천년설삼이 시중에 나오는 양은 기껏해야 오 년에 하나 수준.

그리고 그 하나로 겨우 호심단 열 개를 만들 수 있다. 그나마 지금까지는 돈과 권력을 통해 상인이나 관리들을 들볶아 얻어냈지만 천 년간 사람의 손을 피해 한지(寒地)에서 자란 설삼이 흔할 리 없었다.

일곱 뿌리를 모으는 데만 두 달이 걸렸고, 황금 수천 관을 뿌려야 했다. 남은 세 뿌리는 이제 보유자는커녕 존재하기나 할지 의문이다.

그나마 무사들을 모으는 데 별다른 힘이 들지 않았다는 것만은 고무적이었다.

바로 요즘 들어 재정에 압박을 느끼고 있던 점창파에 막대한 기부금과 전각 몇 개를 지어주는 것으로 이야기가 끝난 것이다.

기부금과 전각에 대한 보답으로 절정의 고수뿐 아니라 연단가까지 점창파에서 파견해 주었다.

덕분에 산달 전에는 이미 일흔 알의 호심단이 연단에 들어갔고 나머지 재료도 모두 준비를 마쳤다. 물론 천년설삼 세 뿌리는 여전히 찾을 수 없지만 말이다.

"이렇게 된 이상 폐하께 부탁드리는 수밖에 없는가."

황실의 비고에는 분명 못해도 십여 뿌리쯤 있을 것이다.

제아무리 천년설삼이 귀하다고 한들 인간의 손으로 얼마든지 찾아내고 거래가 가능한 물건이다.

그렇다면 황제의 손에 없을 리 없었다. 그것도 최고 중의 최고로만 엄선된 진짜배기만 있을 터이다.

"농담으로라도 그런 말씀 마십시오."

"쩝, 답답해서 그러네."

황제에게 요구한다는 것의 의미를 모르는 사람은 이 자리에 없다.

당대의 황제는 성격이 좋지 않다는 말로 끝나는 위인이 아니다.

본인의 능력도 출중하고 치국과 위민에 신경을 쏟는 점은 존경할 만하다. 간신과 충신을 구분하고 오로지 백성과 사직을 위해 움직이는 그 모습은 칭송받아 마땅하다.

하지만 개인의 성격이 문제였다.

"뭐라도 하나 받았다가는 무슨 해괴한 일을 떠맡길지 알 수가 없으니……."

"예. 나랏일을 하시는 분 앞에서 할 말은 아닙니다만, 황족과는 엮이고 싶지 않습니다."

"이해하네. 나도 관직을 때려치우고 싶은 적이 한두 번이 아니었으니까."

그들이 그렇게 황제와 황족들에게 손을 벌리지 않는 이유는 간단했다.

'황족은 괴팍하다'는 사실 때문이다.

단순히 폭군이나 암군들처럼 권력에 취해 날뛰는 것이 아니고 민생과는 크게 관련되지 않는다는 점에서 위정자로서는 존경하고 있지만 그것이 다가 아니었다.

그들은 누군가의 목숨이나 명예와는 관련되지 않으려 하지만 온갖 문제를 더욱 복잡하게 만들고 그 과정을 지켜보는 데서 재미를 느끼는 자들이다.

더한 문제는 황제만이 아니라 황족 전부가 그렇다는 것이다.

의무와 책임을 다하면서 능력을 허투루 쓰지 않았다. 그리고 그렇게 살며 쌓인 응어리를 신하들에게 풀어냈다. 그런 이유에서 그들은 황제에게 기댄다는 선택지는 처음부터 배제한 상태였다.

"얼마 전에는 한림원 학사들을 끌고 미복잠행에 나가서 호위와 학사들에게 술을 진탕 먹인 뒤 빈민가를 돌아다니셨지."

미복잠행이라 해도 황제의 안전이 제일 우선시되는 것은 당연한데 당금의 황제는 그것이 싫어 홀로 도망쳤고, 당연히 황제가 복귀할 때까지 황궁은 비상사태가 되었다.

보좌를 제대로 하지 못한 학사들과 황제를 홀로 놔둔 호위들의 목이 떨어져도 이상하지 않을 정도로 큰일이었지만 정작 당사자는 거지들과 어깨동무하며 꼬치구이를 먹고 있었다.

"저번 달에는 동창 태감과 금의위 대영반을 싸움 붙이면서 산공독을 먹인 일도 있습니다."

황궁에서 단순 무력으로 따지면 최강을 논하는 두 사람이 내공이 없어 뒤엉켜 바닥을 뒹굴던 그 모습을 떠올리면 거석영과 무진자는 지금도 등에 땀이 흐른다. 하지만 모두 지금 가장 중요한 주제와는 상관없는 일이었다.

그 뒤로 약간의 더 시간이 지나도 아무런 답이 나오지 않을 때, 문밖에서 소리가 들렸다.

"어르신, 손님이 오셨습니다."

"올 사람이 없는데 대체 누구지? 들라 이르시게."

의문은 곧 풀렸다. 방금까지 그들이 말하던 대상이 열린 문 너머에 있었다.

"응? 폐, 폐하!"

평범한 장삼에 삿갓을 눌러쓰고 있지만 궁에서 일하는 관리라면 모두가 알아볼 수 있었다. 아니, 알아보지 못할 수가 없었다.

그만큼이나 특출한 기세는 어디서도 찾아보기 힘들었고, 이런 시간에 단가의 안방까지 거침없이 들어올 수 있는 사람은 달리 생각할 수도 없었다.

"아아! 인사는 됐고, 그냥 앉아 있게. 별건 아니고, 자네 아들 선물 좀 가지고 왔네."

예를 취하려는 셋을 적당히 손짓으로 넘기고 근엄한 표정을 지으며 단리명에게 말을 건넸다.

"…선물이라 하심은?"

짐작 가지 않는 것은 아니다.

'어디서 소문을 들었지?'라고 묻기에는 너무 소란스럽게 움직였고, 숨길 일도 아니었기에 숨기지도 않았다.

당연히 황제의 귀에 들어가는 것도 이상한 일이 아니었다. 단지 이렇게 본인이 직접 찾아올 거라고는 전혀 생각해 보지 않았다.

하지만 상대는 상식과는 전혀 다른 세계에서 살고 있다는 것을 명심해야 했다.

"자네가 찾는다는 천년설삼일세. 세 뿌리가 더 필요하다지? 받게."

뒤이어 들어온 무관이 건넨 목함에는 마치 사람과 같은 모습을 한 설삼 세 뿌리가 가지런히 놓여 있었다.

잠시 뚜껑을 여는 것만으로도 향기가 방 안을 가득 메울 정도로 강렬했다.

분명 진품이었다.

"서, 성은이 망극하옵나이다!"

어정쩡하게 굽혀졌던 허리가 확실히 굽어진다.

"일어나게. 그간 단가가 이 나라를 위해 열심히 일해 온 것에 대한 당연한 대가일세, 거기에 장차 나라의 동량지재가 될 아이가 아닌가? 이 정도 투자는 당연한 일이야."

모르는 사람이 본다면 그 모습은 도량이 넓은 황제의 치하와 선물에 감격한 신하의 모습이었지만, 실상을 들여다본다면 조금 달랐다.

바닥과 맞닿은 대학사 단리명의 얼굴은 기쁨과 당혹, 곤란이 버무려진 상태였고, 황제는 마음속으로 다음 사고를 준비하고 있었다.

그리고 그 모습을 옆에서 지켜보던 거석영과 무진자는 단리명에 대해 심심한 조의를 표하고 있었다.

천문단가의 오대독자 단사천이 태어나고 열흘이 지난 후의 일이었다.

一. 점창파

천문단가의 다음 대를 이어갈 단사천은 여느 아이들과 달랐다.

다른 아이들처럼 떠들썩하게 뛰어놀지도 않았고 장난도 잘 치지 않았다. 그리고 아이답지 않게 일을 행하기 전에는 반드시 먼저 생각한 뒤에 일을 행했다.

대다수의 사람들은 그런 단사천을 보며 미래의 동량지재라며 칭찬을 아끼지 않았지만 그 내막을 아는 사람들은 쓴웃음을 짓고는 했다.

집안 모두의 과보호 속에서 자란 단사천은 세뇌에 가까운 안전교육을 받았다.

오대독자라는 위치와 천문단가라는 집안이 만들어낸 그 집착은 단사천이라는 한 아이의 정신에 하나의 강박증을 만들어 버렸다.

보신(保身)! 오로지 보신!

한 번은 무공 수련을 돕기 위해 점창에서 나온 이대제자가 단사천을 칭찬한 적이 있었다.

지루하기 그지없는 기본공의 수련이었다.

마보와 간단한 체력 단련, 그리고 내공 수련이었는데, 한창 산만할 나이인 열 살도 안 된 아이에게 가만히 있어야 하는 걸로도 모자라 힘들기까지 한 마보나 잡생각도 해서는 안 되는 내공 수련은 고문이나 다름없었지만 겨우 일곱 살이던 단사천은 요령도 피우지 않고 수련에 매진했다.

"다 큰 어른들도 하기 힘들어하는 수련인데 공자께서는 요령도 피우시지 않는군요. 대단합니다."

라고 말하자 단사천이 답하기를,

"건강하게 오래 살려면 해야 하는 일이니까요."

라고 한 적이 있다.

당시 그 말을 직접 들은 점창의 이대제자가 쓴웃음을 감추지 못한 것은 당연한 일이었다. 그리고 그 뒤로도 단사천의 건강 강박증은 사라지기는커녕 더욱 강해져 갔다.

건강을 위해서라면 맛을 떠나 음식을 먹고 고됨을 떠나 단련을 했다.

평범한 아이들은 입에 대자마자 던져 버릴지도 모를 정도로 쓰디쓴 보약을 매 끼니마다 챙겨 먹고, 의원과 도사들이 재료 준비 단계에서부터 관여한 영양식을 섭취했다.

내공 수련을 할 때는 혹시나 모를 상황에 대비해 보호자와 요상약을 상비하고, 체력 단련을 할 때는 반 시진이 넘도록 몸을 풀고 난 뒤에야 움직였다.

일반적으로 그 나이 또래에 요구되는 수준을 넘어선 행동이었지만 그럼에도 단리명과 그의 아내 허씨는 만족하지 못했다.

"이걸로는 부족하지 않을까요? 우리 아들을 위해서라도 어디 큰 문파에 맡기는 것은 어떨까요?"

단사천이 열 살 생일을 맞이하기 몇 개월 전 허씨가 먼저 말을 꺼냈다.

호심단이라는 영약 백 알로 잔병치레 한 번 없이 무인들의 기준에서도 완벽하다고 할 정도의 몸을 가지게 된 단사천이지만, 그래도 허씨의 눈에 비치는 단사천은 연약하고 왜소한 아이였다.

그리고 그건 단리명도 비슷했는데, 그 자신이 황제가 벌이고 다니는 사건사고의 뒤처리를 전담하느라 위장약을 달고 살아야 한 것이 컸다.

단리명은 비록 실전 경험은 없지만 단가 비전의 내가기공으로 쌓은 내공과 그간 열심히 관리한 체력을 가지고 있었다.

어지간한 어중이떠중이들에 비교하는 것이 실례일 정도였는데도, 황족들이 일으키는 사건과 사고는 그것을 뛰어넘어 위장약 없이는 하루도 버티지 못하게 만들었던 것이다.

거기서 단리명은 생각했다.

"내가 이런데 내 아들도 저 황족들에게 시달리면 똑같이 위장약을 달고 살지 않겠는가?"

위통만으로 끝난다는 희망적인 관측도 할 수 없었다. 이후 단사천의 대에는 현 황제 이상으로 일을 벌일 황제가 나타나지 말라는 법도 없었다.

위통은 물론이고 두통이나 신경성 질환 같은 것도 더해서 나타날 수 있었다.

그리 생각하니 지금까지의 것으로는 단사천의 건강을 지킬 수 없다고 생각하게 된 그는 부인 허씨의 이야기를 진지하게 생각하게 되었고, 결국 인연이 닿은 곳 중 가장 크고 중앙에서 멀리 떨어진 점창파에 단사천을 맡기게 되었다.

중원에서 멀리 떨어진 운남성이기에 중앙에 있는 황실의 눈길을 피할 수 있으며, 구파일방이라 불리는 명문이며 도가의 성지이기도 하기에 수련도 기대할 수 있었다.

결정이 내려지고 나서는 곧바로 준비에 들어갔고, 열 살 생일을 끝으로 단사천의 단가에서의 생활은 끝을 맺었다.

*　　　*　　　*

"이제부터는 부모님과 떨어져 지내게 될 텐데… 괜찮겠느냐?"

덜컹거리며 가도를 내달리는 마차에는 단사천과 그간 그를 지도해 온 점창파의 이대제자 일휴가 타고 있었다.

그동안은 단순히 단사천의 무공 기초를 닦는 데 도움을 주는 '무공교두'에 가까운 느낌으로 있었지만 이제는 단사천이 점창파에 입문해 사제가 되었다. 그렇기에 걱정과 격려의 의미로 그렇게 물었지만 돌아온 대답은 아이답다고 하기엔 무리가 있었다.

"그립긴 하겠지만 괜찮을 거라고 생각합니다."

아이답지 않은 귀염성 없는 대답이긴 했지만 여타 아이들처럼 우는 것보다는 낫다고 생각하며 일휴는 시선을 바깥으로 옮겼다.

시선의 끝은 장엄하게 펼쳐진 풍경이 아니라 주변을 둘러싸고 있는 사람들에게 닿아 있었다.

"너희 부모님도 꽤 걱정이 많으시구나."

구파일방의 한 축인 점창파의 이대제자, 그것도 홀로 강호행을 허락받을 정도라면 그 무위는 충분히 일류로 통한다. 길잡이이자 호위로서는 호화스러운 수준이었지만 단리명과 허씨는 만족하지 못했다.

인맥과 돈을 풀어 하북 최고의 표국에 의뢰를 했고, 덕분에 수십 명에 달하는 표사들이 단리명과 함께 운남을 향하고 있었다.

"그런가요? 보통이라고 생각하는데요."

열이면 열 과잉보호라고 말할 정도였지만 단사천에게 있어서는 이게 보통이었다. 그렇게 교육받아 왔고 주변 모두가 그걸 보통이라고 말해왔다.

일휴는 이 어린아이의 어긋난 상식에 한숨을 내쉬었지만 그뿐이다.

그가 할 일은 단사천을 사문에 데려다 주는 것까지이고, 그 뒤는 그의 소관이 아니었다. 무책임하지만 실로 현명한 대처였다.

태어나 지금껏 쌓아온 굳건한 상식의 탑을 뜯어고치려면

어지간한 심력과 노력으로는 어림도 없었으니까.

어쨌건 수십 명의 무장 인원이 있는 덕분에 여정 자체는 일휴가 홀로 다닐 때와는 비교도 할 수 없을 만큼 편안했다.

길을 막는 노상강도도 없었고, 호쾌한 척 웃으며 나타나는 녹림도도 없었다.

들짐승도 한 무리의 사람들을 보곤 멀리서 지켜보다 도망쳤으니 일휴가 할 일은 그저 길 안내와 단사천의 단련을 지켜봐 주는 것 정도였다.

그렇게 두 달여의 시간을 보내고 단사천은 운남 끄트머리에 위치한 창산에 도착할 수 있었다.

다만 도착한 곳은 산문 앞으로, 아직 점창파에 들어선 것은 아니었다.

점창파로 가기 위해서는 하늘 높은 줄 모르고 뻗은 저 산 중턱까지 올라가야 했다.

표사들과 헤어지고 산을 오르기를 두 시진. 중간에 쉬지도 않았다는 걸 생각하면 열 살 아이라고는 생각할 수 없는 체력과 인내심이었지만 일휴는 놀라지 않았다.

태어나서 하루도 영약과 보약, 보양식을 빼먹지 않은 날이 없고, 그것들이 무의미해지지 않게 육신과 기공의 단련을 멈춘 적이 없었다.

그리고 일휴는 그걸 옆에서 수년간 지켜봐 왔기에 잘 알고 있었다. 단사천은 열 살의 아이라기보다는 십 년간 수련한 무인이라고 보는 편이 더 정확했다.

"적송이 보이는 걸 보니 이제 곧 도착하겠구나."

그래도 나이에 따른 체력은 어쩔 수 없는지 어느새 상당히 숨이 거칠어진 단사천에게 일휴는 격려의 말을 건넸다. 그 말대로 적송이 보였으니 앞으로 반 시진이면 점창파의 본당이 모습을 드러낼 것이다.

"후욱, 후욱!"

그 후로도 반 시진을 내내 쉬지 않고 걸어 점창파의 정문 앞에 도착한 단사천은 잠시 숨을 골랐다.

일휴는 호흡을 조절하는 단사천을 놔두고 앞에서 어정쩡하게 서 있는 점창파의 어린 제자를 향해 말을 건넸다.

"이번에 들어온 제자인가? 내 도명은 일휴라 한다만, 집객당주는 아직 청순자 사숙이시더냐?"

"예, 그렇습니다. 아, 그러니까 저, 저는 이번에 점창파에 입문하게 된 중명이라 합니다. 아직 도명은 없습니다."

당황하기는 했지만 나름 똘똘한 아이였다. 아무 일도 없다면 조금 더 대화를 나누겠지만 지금은 다른 할 일이 있었기에 작별 인사 몇 마디 더 나누는 것으로 대화를 끝냈다.

그리고 그새 호흡을 꽤나 회복한 단사천을 이끌고 발을

옮겼다.

집객당은 정문에서 그리 멀지 않은 곳에 있었기에 금방 도착할 수 있었다.

점창파 내에서 본당을 제외하고는 가장 큰 건물이 집객당이다.

정문을 지나 가장 처음 보이는 전각이기에 점창의 위세를 드러내기 위한 것이다.

보통 세상 물정 모르는 어린 나이에 본산제자로 들어오는 제자들에게는 상당한 위엄과 기세를 드러내는 곳이었지만 북경에서 나고 자라 대궐 같은 전각들을 봐온 단사천에게는 심드렁할 따름이다.

"사숙, 오랜만에 뵙습니다."

문을 열고 들어간 곳에는 정갈한 차림의 장년인이 서 있었다.

희끗한 머리카락과 얼굴에 슬며시 보이는 주름이 지난 세월을 말해주고 있었는데, 일휴를 보고 웃음을 짓는 탓에 더욱 주름이 깊어졌다.

"어서 오거라. 몇 년 만인지 모르겠구나. 얼굴을 잊어버릴 지경이다. 자주 좀 오거라. 그나저나 네가 왔다는 것은……. 그 뒤의 공자가 단가의 자제이신가?"

"처음 뵙겠습니다. 단가 십칠 대손 단사천이라 합니다.

무인이라기보다는 웃음 많고 상냥한 할아버지와 같은 기운이지만 단사천의 예에는 흐트러짐이 없었다.

명가의 자제로서 단순히 보신과 건강에만 신경을 쏟지 않았다는 증거이다.

"듣던 대로 예의가 바르구나. 휴야, 너는 본당에 가서 다른 사제들과 무자배 어르신들께 이 아이에 대해 전할 겸 인사라도 하고 오거라."

만족스런 웃음과 함께 일휴에게 담담히 지시한다.

집객당에 일을 하는 다른 제자가 없는 것은 아니지만 어차피 일휴는 본당에 들러야 했기에 지시한 것이다. 하지만 일휴는 움직이지 않고 잠시 망설이다가 입을 열었다.

"혹시 사부님도 계십니까?"

두려움에 가까운 기색이 섞인 물음에 청순자는 너털웃음을 터뜨렸다. 일휴가 강호행을 허락받은 이립을 코앞에 둔 나이임에도 마치 부모에게 어려움을 느끼는 아이같이 느껴진 까닭이다.

"청묘 녀석은 지금 사천성에 가 있다. 걱정 말고 다녀오거라."

그제야 발을 뗀 일휴에게서 시선을 거두고 다시금 눈앞의 단사천에게 시선을 고정했다.

그간 봐온 또래에 비해 키가 크고 눈에서 비치는 심지가 또

렷했다. 명가의 저력을 본 것 같은 기분이다. 거기에 더해 옷 너머로도 알 수 있는 탄탄한 토대가 보인다.

소문 이상으로 좋은 근골과 기초였다. 그렇기에 청순자는 아쉬움을 금치 못했다.

'한 갑자를 넘게 살아오며 이 정도로 다져진 근골과 기초는 처음 본다. 이 아이를 본산제자로 받을 수만 있다면 다음 대 천하제일도 노려볼 수 있을 테지만…….'

일개 문파로서는 재현할 수도 없는 막대한 투자가 만들어 낸 미완의 대기(大器).

그걸 완성하고 다듬으며 내용물을 채워 넣는 과정은 무학자로서도, 무인으로서도 하나의 꿈이지만 어디까지나 생각에 그친다.

단가의 오대독자이다. 당연히 될 리가 없었다. 그렇기에 아쉬움만 더욱 커진다.

"뭐, 조금만 기다리면 될 게다. 그동안 뭐라도 마시겠느냐? 좋은 약재가 들어와 끓인 약차가 있다만. 아니, 그보다는 조금 단것이 좋을까?"

평소처럼 가볍게 약차를 권했지만 이내 단사천의 나이가 떠올랐다. 다른 다과를 준비하려는 청순자에게 단사천이 즉답했다.

"약차 쪽으로 부탁드리겠습니다."

"상당히 쓴데 괜찮겠느냐?"

약차의 강한 쓴맛 가운데에서 깊고 중후하게 섞인 여러 맛과 향을 찾아내는 것은 나름 차를 오래 즐긴 사람들도 힘들어하는 일이다.

아이라면 당연히 마시기도 힘들어할 테지만 단사천은 보통의 아이들과는 다른 아이였다.

"본가에서도 매일 보통의 차나 물 대신 그런 차들을 마셔왔기에 어느 정도라면 괜찮습니다."

단가에서 먹고 마신 음식들은 맛을 중시하지 않았다. 오히려 최우선 목표가 건강이었기에 말도 안 되는 맛을 만들어내는 경우도 허다했다.

쓴맛을 내는 약재만을 모아놓고 단맛을 기대할 수는 없었다.

덕분에 단사천의 입맛은 단것에 위화감을 느끼는 경지에 도달했다.

"상당히 좋은 영지를 사용하셨네요."

놀란 기색이 서린 청순자를 무시한 채 단사천은 담담히 차를 마셨다.

*　　*　　*

평소 적막함이 감돌던 점창파의 본당은 오랜만에 대화 소리로 가득했다. 대화의 주제는 다름 아닌 단사천을 맡을 사람이 누구냐 하는 것이었다.

"누가 좋겠나?"

"다른 곳도 아니고 단가입니다. 그 단가의 이름값에 맞추려면 적어도 장로님들이 움직이셔야 한다고 봅니다."

"저희 항렬에서 받아도 성의 면에서는 괜찮습니다만 청자배는 이미 모두 제자가 서너 명씩 있는 터라 자칫하면 소홀히 한다고 비춰질지도 모릅니다."

당금 황제의 총애를 독차지하는 내각대학사 단리명을 아버지로 두고 장강 이남의 모든 선비들이 우상으로 삼는 창평선생(蒼評先生) 단황윤을 조부로 둔 아이이다.

그것만으로도 점창에서는 누구를 사부로 붙여주어야 하는지 고민할 수밖에 없었는데, 거기에 이번에 새로 올라가게 될 전각들과 각종 영약을 기부해 온 것도 있어 성의에 보답하기 위해서라도 무자배의 원로들이 나설 수밖에 없었다.

그리고 그중에 제자가 없는 유일한 무자배 원로가 이 자리에 있었고, 점창을 이끌고 있는 청자배 제자들이 그를 설득하느라 소란을 만들고 있었던 것이다.

"이 기회에 제자 하나 들이시는 것도 좋지 않겠습니까? 말년에 수발들 아이 하나 정도는 있으셔야지요."

점창의 재정을 총괄하는 청우자는 다른 자들에 비해 더욱 열정적이었다.

단가의 지원으로 그간 막혀온 자금의 흐름이 일거에 뚫리고 그만큼의 여유를 얻었다.

산속에서 살아가는 도사의 모습에는 어울리지 않았지만 한 단체의 재정을 담당하는 자로서 열정적이지 않을 수 없었다.

"당장 산속에 틀어박혀 사는 나도 아는 가문이 단가이다. 그리고 이번에 올 아해는 그 단가의 오대독자라지? 그런데 그런 아이를 수발이나 드는 시종처럼 대하라고? 장난하는 게냐?"

사실이었다. 나라에서 비할 데 없는 명문가의 독자란 속가제자로 온다 해도 여타 속가제자들처럼 대할 수 있는 대상이 아니었다.

"시종처럼 쓸 아이는 따로 붙여드리겠습니다. 그러니 어떻게 좀……."

"됐다. 시종은 필요 없으니 일단 그 아이나 한번 만나보고 생각하마."

"그냥 생각만 하시는 걸로는……."

"그럼 무진자 녀석에게 맡기면 될 게 아니냐! 그 녀석이 그 아이에 맞춰서 영약도 만들었다면서."

"하아, 알겠습니다. 그럼 부디 좋은 쪽으로 생각해 주십시오."

대답 없이 휘적휘적 걸어가는 무양자의 뒷모습에 조용히 상석에 위치해 있던 점창 장문인 무현자의 입에서 한숨이 흘러나왔다.

*　*　*

"네가 단사천이라는 아해더냐?"

장문인과의 대화가 끝나자마자 접객당에 도착한 무양자는 곧바로 문을 열고 그렇게 물었다.

본가에서 가져온 얼마간의 기부금과 생활비를 포함한 전표를 건네던 단사천과 그것을 받던 청순자는 무양자의 뜬금없는 등장에 몸이 굳었지만 이내 행동을 마무리 지은 뒤 반응했다.

"사숙, 거처에서 기다리지 않으시고……."

"기다리다 궁금해져서 말이다. 아무튼 대답해 봐라. 네가 단사천이냐?"

"예, 제가 단가 십칠 대손 단사천입니다."

나이답지 않은 진중함이 담긴 답에 무양자는 흡족한 미소를 지었다.

적어도 또래 아이들처럼 시끄럽게 울고불고 할 아이는 아니라는 것에 만족한 때문이다.

"앞으로 내가 네 스승이 될 게다. 뭔가 말할 것이 있다면 지금 하거라."

한눈에 보기에도 손이 가지 않을 아이였다. 그리고 그것이 현재 무양자에게 있어서는 가장 중요한 덕목이다.

지금 한창 새로운 무공을 만드는 것에 심력을 쏟고 있는 마당에 제자를 새로 들여 신경을 분산시키고 싶지 않은 탓에 단사천의 진중함이 마음에 들었다.

"하나면 됩니다."

단사천의 대답은 빨랐다. 고민 없이 말하는 게 미리 생각해 온 모양이다.

"하나?"

"예."

"무엇이냐?"

명문가의 자제로서 부족함 없이 자랐을 텐데도 크게 원하는 것도 없다.

더더욱 단사천이 마음에 들었다.

'그런데 무엇을 원하려나?'

명절이나 제사 같은 집안 행사에는 부모님을 만나고 싶다거나 강한 무공을 배우고 싶다거나 하는 여타 속가제자들과 같은 것일까 라고 생각한 무양자였지만 대답은 상상 밖에서 나왔다.

"위험한 일만 하지 않았으면 합니다."

"응?"

미처 생각지 못한 답이기에 반응하기 곤란했다.

하지만 단사천은 친절하게도 다시 입을 열어 설명하기 시작했다.

"저는 무인이 되기 위해 온 것이 아니라 심신의 수양을 위해 이곳에 왔습니다. 건강을 위해 온 것인데 건강을 해쳐서 돌아가고 싶지 않습니다."

걸작이다.

"으허허허허! 그래, 그렇지! 좋다! 청명에게는 내가 데려갔다고 하거라. 자, 따라오너라. 앞으로 너와 내가 생활하게 될 곳으로 안내해 주마."

구배지례나 선현에 대한 제사 같은 것도 없이 갑작스럽게 사제관계가 되어버린 두 노소를 보며 당황하고 있는 청순자를 버려둔 채, 무양자와 단사천은 집객당을 나와 걷기 시작했다.

"무언가 배우고 싶은 것이라도 있느냐?"

길을 걷는 도중에 무양자가 단사천에게 물었다.

보통이라면 단순히 강한 무공을 말할 테고, 점창에 대해 조금이라도 들은 바가 있다면 사일검이나 분광검을 외칠 테지만 단사천은 역시나 무양자의 기대를 충족시키듯 담담하게 답했다.

"제 한 몸 보호할 호신술이면 족합니다."

재차 웃음이 나오려는 것을 눌러 담은 무양자는 이번에는 약간 근엄한 얼굴로 단사천에게 말했다.

"그건 강한 무공을 배우는 것보다 어려운 일이다."

그것은 사실이다.

제 한 몸을 건사할 실력이라는 것은 상황과 환경에 따라 영향을 받는다.

삼류 왈패만 되어도 제 한 몸 건사할 수 있는 상황이 있는가 하면 백전연마의 고수라도 목숨을 위협받을 수 있는 경우가 있다.

"알고 있습니다. 하지만 그 과정에서 심신의 단련은 되지 않을까요."

조용한 점창산에 무양자의 웃음소리가 울려 퍼졌다.

그리고 세월이 흘렀다.

*　　*　　*

"이번에는 또 뭘 먹고 있는 게냐?"

잠시 밖에 나갔다 돌아온 무양자는 가부좌를 튼 채 무언가 씹고 있는 단사천을 향해 물었다.

지난 육 년간 그랬던 것처럼 단사천은 부모가 보내온 수많은 보약을 꾸준히 먹어왔다.

어린 나이에 너무 많은 약 기운을 쌓는 게 아닌가 싶을 수준이었기에 무양자는 단사천을 위해 오로지 약 기운을 흡수하고 정제할 목적으로 내공심법을 하나 만들어야 할 정도였다.

"아! 아버지가 보내주신 홍삼이에요. 조선에서 건너온 거라 많이는 없네요. 사부님도 한 뿌리 드시겠어요?"

"…아니, 나는 됐다. 그보다 호체보신결(護體保身結)은 진전이 좀 보이느냐?"

무양자는 쏙 내민 홍삼을 다시 되밀어 단사천의 입에 넣은 뒤 외유의 원인인 단사천의 성취도를 물었다.

매일같이 성장 과정을 봐왔기에 어느 정도 틀이 잡혔다는 것 정도는 알고 있지만 본인의 느낌이라는 것도 무시 못 할 요소이기에 다음 단계를 진행하기 전에 물어본 것이다.

"이제 오심(五深)에 들어선 것 같은데 잘은 모르겠네요."

대수롭지 않게 말하는 단사천이었지만 그 성과는 경이로울 정도였다.

호체보신결은 단순한 양생공이 아니었다. 그랬다면 점창파의 비전기공으로서 문외불출의 기공이 될 리가 없었다.

호체보신결은 내상의 치유와 내공의 안정성, 신체의 보호라는 기능에 있어서는 천하제일을 논하는 기공이다.

하지만 그와 비례하는 높은 난이도와 전혀라고 해도 좋을 정도로 내공이 쌓이지 않는 기공이기도 했다.

호체보신결의 수준을 나누는 데 사용되는 용어는 심(深)이라는 것으로, 각 심은 십 년의 적공을 필요로 했는데 단사천은 겨우 육 년 만에 오심에 도달함으로써 무양자를 경악케 했다.

호체보신결은 본래 이런 속도로 성취를 볼 수 있는 기공이 아니었다.

제대로 효과를 보기 위해서는 수십 년에 걸친 적공이 필요했고, 그 과정에서도 상당한 노력을 필요로 했다. 자연히 점창 내에서도 외면받는 기공이 되어갔으며, 현재에 이르러서는 익히고 있는 자가 한 손에 꼽을 지경이다.

문파 내에서도 외면받는 무공, 그렇기에 단가의 지원에 대한 구색을 맞추기 위한 제안으로써 호체보신결이 가장 먼저 언급된 것이다.

마침 단가에서 요구한 안정성 면에서도 발군인 기공이었으니 점창으로서도 꺼릴 것이 없었다.

이런 이유 등으로 선택된 비전이기에 지금 단사천이 이룬 경지는 누구도 예상하지 못한 일이었다.

하지만 이는 우연이 아니었다. 몇가지 조건이 겹쳐 만들어진 필연이었다.

무양자는 단사천이 복용해 온 영약의 잠력을 오판했다.

태어나고 백 일간 복용한 호심단 백 알의 효능과 그 뒤로도 무수히 먹어온 온갖 보약과 영약의 기운은 그야말로 무지막지하다는 표현이 어울렸다.

거기에 신체의 기운을 깨우고 정제하는 무양자가 만들어낸 이름 없는 심법이 복합적으로 작용하면서 호체보신결과 놀라운 상승작용을 일으켰다.

그리고 단사천의 재능과 양생, 보신이라는 단어에 보이는 집념이 더해지자 이런 기적같은 성취가 나온 것이다.

“그 정도면 충분하지. 그럼 이제 다음 단계로 넘어가자.”

그런 것들과는 별개로 호체보신결 오심은 무양자가 정한 하나의 기준이기도 했다.

“다음 단계요?”

“이제는 본격적으로 무공을 배워야 하지 않겠느냐?”

아마 보통이라면 이 순간 기쁨을 내비칠 것이다.

무려 육 년이다. 육 년이라는 긴 시간 동안 기초적인 체력단련과 명상, 내공수련을 제외하면 간단한 삼재검, 육합권도 배워본 적이 없다.

어지간한 도인들도 질려 버릴 무미건조한 삶을 겨우 열 살 아이에게 육 년이나 살게 한 것이다. 당연히 새로운 것에 대한 흥미와 기쁨을 나타내겠지만 단사천은 역시나 보통의 아이와는 달랐다.

"굳이 그럴 필요가 있을까요? 간단한 호신술 정도만 익히면 호위무사들이 알아서 해줄 텐데요."

내키지 않는다는 대답이 돌아왔지만 단사천이 딱히 몸을 움직이기 싫어서 그런 것은 아니다. 그는 오히려 활동적이었다.

건강을 위해 가장 중요한 것이 음식과 운동임을 알고 있는 것이다.

하지만 무공 수련이라는 단어로 연상되는 건 어딘가 부러지고 깨지며 하는 고통스런 수련이었다.

상처 입는 것과 병드는 것에 진저리치는 단사천으로서는 무엇보다 피하고 싶은 일이기도 했다.

"어디 다칠까 봐 그러느냐?"

무양자는 그런 단사천을 잘 알았다.

무려 육 년을 한 지붕 아래 살며 봐온 단사천은 아이라기보다는 병에 걸려 고생하고 난 다음 겨우 건강을 찾은 중년인과 같은 모습이었다.

당연히 설득할 말은 준비되어 있었다.

"만약에 말이다. 호위무사가 너를 도와줄 수 없는 상황에서 적을 만난다면 어쩔 테냐? 지금껏 배운 조잡한 호신술로는 당해낼 수 없을 정도로 강한 상대 말이다."

"돈이라도 주고 도망쳐야죠."

무인의 사고방식은 아니지만 정답이기는 했다. 단사천의 목적은 어디까지나 보신이었으니 싸워 이길 필요가 없는 것이다.

"그렇다면 돈이 목적이 아닌 순수한 쾌락 살인마라면? 마도에는 그런 미치광이가 한둘이 아니다."

"끙."

대답이 막힌다. 무양자가 하는 것처럼 수많은 조건을 달면 뭔들 못 할까마는 단사천은 무양자가 하고 싶은 말을 깨달았기에 입을 닫았다.

"절정급 무인을 수십 명씩 끌고 다녀도 결국 마지막에는 자신의 힘밖에는 믿을 것이 없다."

그리고 그 말은 정답이기도 했다.

호위들이 혹시나 암습을 눈치채지 못한다면?

적이 너무 많아서 중과부적이라면?

산사태나 해일에 휘말린다면?

모두가 가정이기는 하지만 그런 상황도 얼마든지 있을 수 있었다.

결국 그런 상황에서는 본신의 무력이 전부가 된다.

“예… 그래서 결국 뭘 배우게 되는 건가요?”

“흐흐, 분광검은 들어봤겠지?”

“그거 속가제자는 못 배우는 거 아닌가요?”

분광검은 점창파가 보유한 무수한 무공 가운데에서도 한 손에 꼽히는 무공이다. 천하에서도 비견할 것이 없는 절정의 쾌검이기에 당연하게도 본산제자, 그것도 상당한 재능이 있거나 공을 세워야만 배울 수 있었다.

“그래, 그렇기는 하지. 하지만 그렇다고 유운검법 따위를 배우기엔 네 재능이 너무 아깝지 않느냐? 그래서 내가 창안한 새 검법을 전수하기로 했다.”

자부심 가득한 무양자의 얼굴과 반대로 단사천은 못 미더운 얼굴을 했다.

앞서 말한 분광검이나 유운검은 모두 몇 세대를 거치며 공방의 균형을 찾고 위험을 제거한 검법들로 전통 있는 명가에 비유할 수 있었고, 지금 무양자가 창안했다는 검법은 벼락출세한 졸부에 비교할 수 있었다.

무양자의 무공을 무시하는 바는 아니지만 무양자 개인이 만든 무공이 지난 수십, 수백 년간 무수한 사람들이 거쳐 간 무공보다 안전하다고 장담할 수 없기에 단사천은 못 미더운 얼굴을 감추지 못했다.

"뭐냐, 그 얼굴은?"

한껏 자신감에 가득하던 무양자는 이내 자신을 짜게 식은 눈으로 쳐다보는 제자를 발견했다.

"위험하지는 않겠지요?"

"물론이지! 호체보신결이 오심의 경지에 올랐으면 분명 괜찮다."

여전히 눈에는 불신감이 가득하지만 단사천은 이내 고개를 끄덕였다. 어쨌든 일신의 무력을 높여 보다 나은 안전을 손에 넣기 위해서는 얼마간의 희생이 필요하다는 것 정도는 알고 있었다.

"그래서 뭘 배우게 되는 겁니까?"

"이름하야 무광검도(無光劍道)이다! 분광검과 사일검의 쾌속함을 뛰어넘은 점창 제일의 쾌검이지!"

스스로 말하면서 점점 자부심이 차오르는 건지 다시 얼굴에 자부심을 드러낸 무양자를 향해 단사천은 찬물을 끼얹었다.

"그렇군요."

감흥 없는 목소리에 무양자의 흥이 그만 식어버렸다.

"조금쯤 사부의 기분을 맞춰보려는 노력 정도는 해보는 게 어떻겠느냐?"

"와아! 정말 대단해요! 와아!"

영혼 없는 울림에 무양자의 얼굴이 더욱 썩어들어 갔다.

"됐다! 검을 준비하고 연무장으로 나오거라."

"예."

만담에 가까운 상황을 즐기는 사제였지만 검을 준비하는 순간부터는 진지함이 서렸다.

무양자의 그것은 무인으로서의 진지함이고 단사천의 그것은 검이 만들어낼지도 모를 위급 상황에 대한 진지함이라는 차이가 있기는 했지만, 어쨌든 연무장에서 날붙이를 든 순간 단사천의 기도는 이제까지 본 적 없는 수준으로 날카로워졌다.

"진검을 처음 쥔 것치고는 나쁘지 않구나. 나 몰래 수련이라도 했느냐?"

"그럴 리가요. 정도 이상의 수련은 몸을 망치는 지름길인데 제가 왜 그러겠습니까?"

이게 여타의 무인과는 다른 점이었다.

노력을 하는 노력가이며 천재라는 것은 모든 무인들이 바라 마지않는 것이지만 마음가짐이 다르다. 애초에 목적지가 다르기에 나타나는 것이었다.

"하기야 네 녀석이 그럴 녀석은 아니지. 아무튼 잘 봐둬라. 초식은 별것 없지만 내공 운용은 좀 어려울 테니까."

기수식을 취하는 무양자의 기세가 변화하는 것과 함께 단사천의 시선이 고정되었다.

스읍.

그리고 이어지는 일섬.

눈으로 쫓는 것도 버거울 정도의 속도로 검이 뽑혔다가 들어간다.

절정의 기량이 담긴 발검에서 납검으로 이어지는 그 선은 그 자체로 한 폭의 예술이었다.

그 일순간에 담긴 기술과 내공 운용의 현묘함을 알아볼 수 있는 사람이라면 감탄해 마지않을 그런 작품이었지만, 이곳에 있는 관객은 안타깝게도 단사천뿐이었다.

"그거 위험해 보이는데……."

"…뭐 대단하다거나 그런 말이 보통 먼저 나와야 하지 않느냐?"

"대단한 건 대단한 건데 배우다가 손가락이 남아나지 않을 것 같아서요."

멋없는 수준을 넘어 기가 찬 대답이었지만 사실을 지적하는 말이기도 했다.

무광검도는 오로지 발검과 납검만이 존재하는 간단하면서도 난해한 검법이었다.

발검과 납검의 과정을 보다 빠르고 정확하게 만들어나가는 것이 무광검도의 핵심이지만 그 과정에서 검수들의 생명이라

할 수 있는 손이 상하게 되는 것은 필연적이었다.

천하의 무수한 쾌검수 가운데 납검이나 발검을 실수해서 손가락이 베어본 적이 없는 사람은 없다 해도 과언이 아니었고, 개중에는 손가락이 잘릴 정도로 심하게 다친 사람도 있었다.

그리고 그런 상처들은 단사천이 죽도록 싫어하는 것이기도 했다.

"그럴 것 같아서 호체보신결 오심의 성취를 기다렸다. 그 정도 성취면 검기라도 직접 대고 그어버리는 게 아닌 이상 근육이 약간 상하는 선에서 끝나니 말이다."

"그 말은 제 손가락이 남아나지 않을 거라는 선언처럼 들리는데요."

"네가 잘하면 그런 일은 없을 게다."

"그냥 유운검법 배우면 안 될까요?"

진심이 묻어나오는 말과 눈빛에 밀려 말문이 막혔지만 그대로 물러나지는 않았다.

사실을 말하자면 단사천의 말대로 속가제자들에게 허락된 유운검법과 구화심공 같은 것들로도 경지를 이루기에는 충분했다.

이미 몸에 담은 무수한 영약이 있는 탓이다.

효율의 문제는 있겠지만 무인으로서 높은 경지를 추구하는 것도 아닌 단사천이기에 크게 의미는 없었다.

이건 어디까지나 단사천의 근골과 그동안 섭취해 온 것들이 아까운 무양자 개인의 사적인 감정이었다.

"그럼 이거 하나만 물어보마. 싸움이 오래가는 것이 좋으냐, 아니면 빠르게 끝나는 것이 좋으냐?"

미리 준비한 질문이다. 빠져나갈 구멍이야 얼마든지 있는 허술한 질문이지만 단사천을 유도하는 데에는 충분한 질문이라고 무양자는 자신했다.

"당연히 빨리 끝나는 편이 좋죠. 그런데 그걸 왜 지금 물어보시는 겁니까?"

기다린 답이 돌아오자 무영자는 피어나려던 웃음을 밀어넣고 차분히 답했다.

"유운검은 사일검과 분광검을 보조하기 위해 만들어진 검법이다. 공격 일변도의 두 검법과 달리 유운검법은 방어에 치중하는 편이지."

그게 뭐 어쨌냐고 말하는 것 같은 눈빛이다. 거기에는 오히려 방어적이면 더 좋은 거 아니냐는 생각도 섞여 있다는 걸 무양자는 잘 알고 있었다.

육 년간 봐온 제자이다. 모를 리가 없었다.

그렇기에 약간의 간격을 두고 답이 나오기 전에 다시 말을 이었다.

"그러면 당연하게도 싸움은 길어진다. 또한 길어진다고 반드시 이길 수 있는 것도 아니고 상처 없이 끝날 수 있는 것도 아니다. 어때, 이만 하면 하고 싶은 말을 이해했겠지?"

"언제 무슨 일이 일어날지 모르니 속전속결로 빠르게 다 끝내 버리는 무공이 더 좋다… 이 말이 하시고 싶으신 겁니까?"

앞뒤를 모두 잘라낸 상당히 축약된 단사천의 대답이었지만 그게 바로 무양자가 원하는 답이었다.

더욱이 답을 하는 단사천의 어조에서 포기에 가까운 심정이 흐르고 있었기에 무양자는 만족스런 웃음으로 답했다.

"잘 아는구나."

그날을 시작으로 단사천은 무광검도의 수련에 입문했다.

* * *

완검(緩劍) 내지는 만검(慢劍)이라 불리는 수련법이 있다.

원리는 간단했다.

그저 초식을 천천히, 그리고 정확하게 펼쳐내는 것을 반복하는 수련법으로 정적인 움직임을 통해 체력과 근력을 기르고 동시에 초식에 대한 이해도를 높이는 것을 목적으로 하는 수련법이다.

효과는 상당히 뛰어나 명문의 무파라면 거의 필수적으로 행하는 수련법이기도 하지만 그다지 인기가 없는 수련법이기도 했다.

거창한 이유가 있어서 그런 것은 아니다. 그저 지루한 데다 힘들고 기초적인 수련법이기에 나이를 가리지 않고 기피하기 때문이다.

특히 넘치는 혈기를 주체하지 못하는 젊은 나이라면 더더욱 그랬다.

"…역시 넌 볼 때마다 신기한 놈이구나."

"또 왜요?"

"만검을 그렇게 좋아하는 녀석은 처음이라서 그런다."

"정신만 차리고 있으면 다칠 위험이 없는 좋은 수련법인데 안 좋을 이유가 없지요."

역시나 단사천은 또래의 다른 아이들과 달랐다.

화려하고 재빠른 속검의 수련보다 만검의 수련을 선호했다. 이유도 단사천다운 이유에서였다.

'빠른 것보다는 느린 쪽이 다칠 위험도가 낮으니까'라는, 정말이지 그다운 이유였다.

"뭐, 됐다. 아무튼 열심히 해라. 자기한테 가장 맞는 검로를 찾기 위한 거니까 내공보다는 몸에 신경 쓰고."

"말 안 하셔도 이미 그러고 있어요."

이것이 무광검도가 초식이 정형화된 검법과 다른 점이다.

발검과 납검의 기초이자 모든 것인 그 동작에 무양자는 관심을 집중했고, 그 결과 만들어진 것이 무광검도이다.

그저 두 동작을 반복하며 사용자의 신체에 맞는 동작을 찾아내고 그것을 가다듬는 것이 무광검도의 본질이자 전부였다.

"상단이 끝났으면 쉬지 말고 중단으로 넘어가라. 손에 감각이 남아 있을 때 한 바퀴 돌아야 한다."

하지만 그렇다고 아무런 목적 없이 동작만 반복하는 것은 아니었다.

혈도가 그려진 인체 모양의 목상을 상중하 세 부분으로 나눠 각 위치에 대한 최적의 검로를 만들어가는 수련도 병행하고 있었다.

단순히 요혈을 노리는 것이 아니라 다양한 상황을 상정해 검이나 창을 목상의 손에 쥐어놓거나 자세를 바꿔가며 수련을 이어나간다.

때로는 목상 십여 개를 놓고 다수를 상정한 훈련을 하기도 하고, 무양자가 가끔씩 돌조각을 날려 공격하는 것으로 수련하기도 한다.

이 모든 것은 비무마저도 다칠까 봐 하기 싫어하는 단사천을 위한 맞춤 훈련이었다.

"자, 오전 수련은 여기까지다. 온옥 위에서 운기나 하고 와라."

"후으, 고생하셨습니다."

땀에 젖은 몸을 하고서도 전신을 가볍게 풀어준 다음에야 연무장 한쪽으로 가서 운기를 시작한 단사천을 보며 무양자는 내심 혀를 내둘렀다.

"성장 속도가 장난이 아니군."

단사천의 성취는 장문제자인 일성과 비교해도 꿀리지 않았다.

일성이 갓난아기 때 점창에 들어와 이십 년간 수련에 매진하며 얻은 성과와 단서천이 겨우 육 년 남짓한 동안 이룬 것이 비슷하다는 것은 엄청난 일이었다.

물론 아직은 검에 익숙하지 않기에 일성과 당장 맞붙는다면 형편없이 질 테지만, 그렇다 해도 단사천의 성취는 놀라운 것이었다.

"잘하면 내 대에서 무광검도의 완성을 볼 수도 있겠군."

무광검도는 무양자만의 작품은 아니었다.

점창 제일의 쾌검임을 자부하는 이 검법은 오로지 쾌검만을 추구해 온 그의 사부이자 전대 점창제일검이던 순연자의 유품이었다.

무광검도의 탄생은 어느 날 순연자의 고민에서 시작되었다.

평상시와 같이 수련을 해나가던 순연자는 문득 하나의 사실을 깨달았다.

분광검으로도, 사일검으로도 닿을 수 없는 속도에 대한 것이었다. 물론 그것도 내공과 깨달음이 뒷받침된다면 얼마든지 넘을 수 있는 벽이었지만 순연자는 그것이 온전한 해답이 아니라는 것에 고민했다.

내공과 깨달음, 단련이라는 해답은 말하자면 억지로 우겨넣은 답이나 다름없었다. 수식에 걸맞지 않은 답이었다.

고민을 이어가던 순연자는 이내 한 가지 생각을 떠올렸다.

'분광검은 빠르다. 하지만 인간의 한계를 상정하고 있기에 더욱 빨라질 수 없다. 그렇다면 인간의 한계를 부정하면 될 것이 아닌가? 내공이 있다. 무공이 있다. 인간의 한계는 높이면 그만!'

소림이나 무당에서 들었다면, 아니, 정도를 걸으며 의협을 표방하는 문파에서 들었다면 마공을 만들 생각이냐며 질타할 정신 나간 생각이었지만, 다행히도 순연자는 그 생각을 누구에게도 말하지 않았다.

그의 제자인 무양자를 제외하고는 말이다.

그리고 순연자는 무광검도를 만들겠다고 나선 지 몇 달도 채 되지 않아 귀천했다.

결국 유일한 무광검도의 계승자가 된 무양자는 사부의 뒤를 이어 아직은 투박한 무광검도의 개념을 완성시켜 나갔고, 그것은 단사천을 통해 이뤄내려 하고 있었다.

"녀석이 마음만 먹으면 점창 장문인 자리도 노려볼 수 있을 테지만 그럴 놈이 아니니… 이것 참, 아쉬워서 한숨만 나오는군."

단사천은 하늘이 인연을 이어줬다고 해도 좋을 정도로 무양자가, 그리고 순연자가 바란 존재였다.

호심단 백 알로 태어남과 동시에 벌모세수 이상의 기연을 얻었고, 거기에 더해 꾸준한 단련으로 몸을 만들었으며, 호체보신결마저 익혀 겨우 열여섯 살의 나이에 도검불침에 준하는 몸이 만들어졌다.

그것으로도 모자라 준영약급의 보약을 거의 매일같이 먹어 치우며 호체보신결의 성취에도 엄청난 관심을 가지고 있으니 그릇은 점점 더 커지고 단단해질 것이다.

결국 남은 것은 그릇을 채울 내용물이 될 무광검도인데, 그것도 지금처럼 반복 숙달을 해나가면 늦어도 오 년 안에는 어지간한 장로급의 무위에 도달할 터였다.

본산제자가 그 정도 무위를 겨우 약관에 이룬다면 장문제자를 밀어내고 다음 대 장문인이 되는 것은 문제도 아니었다. 하지만 단사천은 그러지 않을 것이다.

"대단한 집안에 보장된 미래, 그리고 무엇보다 무인이 되길 싫어하는 녀석이니 어쩔 수 없지."

단사천은 아버지인 단리명의 뒤를 이어 출사할 생각을 가지고 있었다.

육 년간 부모와 떨어져 산에서 무공을 배웠다지만 여전히 집에서 보내온 서책을 읽고 암기하는 시간을 잊지 않는 것을 보면 그 결심은 변하지 않은 것이 확실했다.

설령 이후 글공부가 질린다 할지라도 단사천은 결코 무인이 될 위인은 아니었다.

건강에 대한 강박증은 무인이라는 삶의 형태를 부정했다.

칼끝에서 목숨을 내놓고 사는 무인의 삶을 단사천은 이해하지 못했다.

그리고 무엇보다 무양자는 단사천에게 무인으로서의 길을 강요할 마음이 없었다.

"처음부터 무광검도는 내가 죽을 때 같이 품고 가려 했고, 이렇게 세상 빛을 보게 된 것만으로도 더 이상의 미련은 없다."

남은 것은 그저 단사천이 온전한 무광검도를 얻을 수 있게

돕는 것뿐이었다.

무양자는 누구에도 그 마음을 알리지 않은 채 그저 단사천의 수련을 도왔다.

그렇게 다시 사 년이란 시간이 흘렀다.

*　　*　　*

언제나와 같이 만검의 수련과 속검의 수련을 교대로 한 뒤 운기를 마친 단사천을 무양자가 불러들였다.

어딘가 평소와는 약간 다른 분위기였지만 이런 일이 없던 것도 아니다.

부모님이 찾아오시거나 무양자가 잠시 자리를 비울 때도 이런 느낌이었다.

그래서 단사천은 막연히 그 둘 중 하나라고 생각했지만 이번에는 둘 모두 아니었다.

“제가 가요? 거길? 왜요?”

단사천이 떠나는 것이었다. 지난 십 년을 점창산, 그것도 한 귀퉁이에 지나지 않는 무양자의 모옥과 그 주변에서만 생활했다.

가끔 몸을 씻기 위해 계곡까지 내려가거나 점창파 본전에 잠시 들러 음식이나 옷감을 받는 일이 없지는 않았지만 그런 일은 그다지 많지 않았다.

그런 의미에서 산을 내려가 다른 도시로 나가는 행위는 단사천에게 있어서 당황스럽기 그지없는 일이었다.

“네 나이도 있으니 이제 한 번쯤 세상을 돌아봐야 하지 않겠느냐?”

“어차피 산을 내려갈 날도 몇 달 안 남았는데 그냥 약속한 기한까지만 좀 더 참고 산에 있으면 안 될까요?”

바깥세상은 위험하다. 말을 배우지도 못했을 무렵부터 아버지와 어머니가 단사천의 귓가에 대고 하던 말이다.

“관리가 되려면 세상 물정 정도는 알아야 할 것 아니냐? 관직에 나가고 나면 민초들의 생활을 볼 기회도 없을 텐데 이 기회에 한번 둘러보고 와라.”

“…그냥 적당히 무능한 관리라면 그런 건 몰라도 괜찮을 것 같습니다.”

“네 가문의 이름에 먹칠을 할 셈이냐?”

“저희 아버지도 제가 관직에 나가는 건 그다지 원하시지 않기에…….”

“맞고 싶지?”

“폭력만큼은 결사반대합니다.”

여전히 신체의 위협에 대해서만큼은 한 치의 양보도 없는 단사천을 보며 무양자는 한숨을 내쉬었다.

보통 절정 정도 되면 자기 힘을 못 써봐서 안달인데 이 녀석은 이 년도 전에 절정의 경지에 올라선 주제에 여전히 밖으로 나가길 싫어했다.

혹시라도 긴 산중 생활에 거기(?)가 죽어 혈기가 없는 건 아닌가 하는 생각도 해봤지만, 그런 쪽 건강도 잘 챙기는지 아침마다 상당한 크기의 천막을 세우는 것을 봤기에 그 부분에 대한 의심은 그만두었다.

하긴 천하삼주로 꼽히는 단가의 독자에게 그런 문제가 있다면 세상이 뒤집어질 일이다.

그래도 젊은이의 패기가 없다는 점에는 여전히 한숨이 나올 일이었다.

"어차피 너 혼자 가는 것도 아니다. 본 파에서 속가제자와 본산제자를 각 열 명씩 뽑고 장로 두 명이 수행으로 붙을 거다. 그리고 가는 길에 인근 문파들과도 합류해서 함께 움직일 테니 위험할 걱정은 하지 않아도 좋다."

"그럼 그걸 먼저 말씀해 주셨어야죠. 그 정도면 가도 괜찮겠네요."

반사적으로 손이 나간다.

무릎 위에 있던 손과 단사천의 머리를 잇는 최적의 선을 따라 내공을 가속시킨다.

무광검도의 묘리가 담긴 일수이다.

그 일수에 단사천이 반응해 손을 들어 올렸지만 때는 이미 늦었다.

퍽!

눈이 깜빡이기도 전에 일어난 일수의 교환이었다.

"아야!"

"장난은 적당히 치고 다녀와라. 단 학사께서도 허락했다. 산에서 책을 읽는 것보다는 사람 사는 모습을 배워야 한다는 데는 그분도 동의하신 일이다."

"말로 해도 알아듣습니다."

"사랑하는 아이에게는 매를 아끼지 말라고 배웠다."

"아뇨! 매는 최후의 수단입니다. 아니, 최후의 수단이라기보다는 결코 써서는 안 될 것이죠."

회초리 한 번 맞아본 적 없는 녀석이 하는 말이라 기가 차지만 눈동자에는 진지함이 가득했다.

"알겠으니 본전에나 가봐라. 출발이 모레라 준비할 것도 많을 테니 말이다."

"정말 가야 되는 건가요?"

"또 맞고 싶으냐?"

"다녀오겠습니다."

말이 끝나기가 무섭게 본전 방향으로 사라지는 단사천을 보며 무양자는 재차 한숨을 내쉬었다.

"하아……."

단사천과 만나고 점점 한숨이 늘어간다고 생각한 무양자였고, 그것은 사실이었다.

내공으로도 숨길 수 없는 흰머리가 점점 늘어나는 것이 그 증거였다.

二. 하산

"네가 단사천이구나. 무양자 사숙께 이야기는 많이 들었다."

호남형의 얼굴에 서글서글한 웃음을 띤 청년이 단사천을 반갑게 맞아주었다.

도사들의 청빈함을 상징하는 허름한 옷 밑으로도 알 수 있는 단련된 몸과 정련된 기세는 그야말로 정파의 젊은 협객이라는 개념을 그대로 가져다 놓은 것 같았다.

"나는 일성이라 한다. 장문인이신 무현자께서 내 스승이 되시고 네 스승님이신 무양자께서는 내 사숙이 되시니 사형이라 부르도록 해라."

본래 본산제자들은 속가제자들과 어울리지 않았다.

속가제자들은 얼마간의 시간이 지나 적당히 무공을 배우고 나면 문파에서 쌓은 인맥과 무공을 가지고 본가로 돌아가 본업을 잇기에, 평생을 본산에 얽매어 살아가는 본산제자들에게 있어서 속가제자는 그다지 친분을 나눌 일이 없는 존재들이었다.

물론 속가제자들의 무공교두 역을 하는 제자들이나 개인적 친분이 있는 경우에는 나름 교우관계가 형성되기도 하나, 그 외에는 접점이 없다고 해도 과언이 아니었다.

더군다나 단사천은 무양자의 유일한 제자이다.

본산제자도 받지 않던 장로를 스승으로 삼다니!

무양자의 제자 자리를 노리고 있던 본산제자들에게는 아니꼽게 보인 면도 있었다.

가문의 힘을 등에 업고 자리를 꿰찼다는 소리를 공공연히 할 정도라 단사천에게 점창파의 무인들은 그다지 사형제라는 의식이 없었다.

하지만 일성은 여타 다른 본산제자들과는 다르게 속가제자이면서 장로의 유일한 제자로 있는 단사천에게 사형이라는 호칭을 먼저 제안해 왔다.

"그럼 일성 사형이라 부르겠습니다."

"하하핫! 시원해서 좋네. 같이 움직이게 되어 조금 걱정했는데 쓸데없는 걱정이었나 보군."

자연스럽게 어깨에 손을 올리곤 오랜 기간을 사귄 지인처럼 거리를 줄여왔다.

그는 천성적으로 사람 사귀기를 좋아하는 호인이었다. 가볍게 어깨동무를 한 채로 여행에 대한 조언이나 챙겨야 할 물건들에 대해 설명해 주었다.

사실 설명이라고는 해도 대부분은 본 파에서 준비해 주기에 목적지가 어디인지, 가서 무엇을 할지, 누가 같이 가게 되는지 정도에 지나지 않는다.

"더 궁금한 게 있다면 질문해도 좋아. 아는 거라면 답해줄 테니까."

일성의 설명은 곧 끝났고, 이제 질문을 받을 차례이다.

처음 산 밖으로 나서는 아이들은 모르는 것이 많기에 질문이 많았다.

또한 여행길에 대해 미리 일러두어야 하는 것들도 있었기에 적당히 질문을 받으며 주의할 점도 알려주려 했지만, 단사천은 질문할 필요를 느끼지 못한 건지 얼마간 고민하더니 겨우 하나의 질문만을 내놓았다.

"혹시 저도 군웅대회에서 열릴 비무대회에 참여해야 하는 건가요?"

일성은 그 질문에 잠시 당황했다.

딱히 내용 그 자체는 이상하지 않았다.

다만 어투가 문제였다. 대부분의 아이들은 '혹시 저도 비무 대회에 참여할 수 있을까요?'라고 묻는다. 참가하고 싶은 의지가 담긴 질문이다.

하지만 단사천은 해야 하냐고 물었다. 보통과는 정반대의 의미였다.

"아니, 꼭 참가할 필요는 없어. 현장에 도착해서 우리끼리 비무해서 출전자 네 명을 고를 예정이니까 그때 사퇴하면 될 거야."

"그건 다행이네요."

나이답지 않은 단사천의 모습에 일성은 쓴웃음을 지었지만 아예 없는 경우도 아니었다.

속가제자들과 달리 본산제자들은 철이 들기 전부터 산에서 생활하기에 속가제자들과 같이 혈기 넘치는 쪽이 더 적었다. 비무에 흥미가 없는 사람도 얼마든지 있었다.

일성은 단사천을 그렇게 이해했다.

"더 이상의 질문은 없는 것 같네. 그럼 모레 산문 앞에서 보자. 참고로 인솔을 맡아주실 무경자 사숙께서는 꽤나 엄하시니까 조금 빨리 나와 있도록 하고."

그렇게 말한 일성은 포권을 취하는 단사천에게 가볍게 손을 흔든 뒤 빠른 걸음으로 사라졌다.

일성은 바빴다. 여타 본산제자나 속가제자들과는 달리 해야 할 일이 많았다.

장문제자로서 남들 이상의 수련을 해야 함은 물론이고 차기 장문으로서 일을 배우고 문파의 재정이나 문제, 인맥 등을 관리해야 하는 위치에 있었다.

손님이 방문했을 때 나가야 하는 경우도 많았고, 학식에서도 남부끄럽지 않을 정도의 성취를 쌓아야 했다.

자연을 벗 삼아 살아가는 유유자적한 도사들의 모습과는 많이 달랐다.

덩그러니 남겨진 단사천은 시야 끝에서 여럿이 모여 움직이고 있는 속가제자들을 잠시 바라보다가 그대로 발길을 돌렸다.

"그럼 돌아가서 남은 녹용이나 마저 먹어야지."

또래와 노는 것보다는 건강이 중요했다.

당장 출발하는 것도 아닐뿐더러 설령 바로 내일 출발한다고 해도 오늘 먹을 약을 거르고 넘어갈 수는 없었다. 건강을 위한 제일보는 규칙적인 삶이었다.

이제 와서 다른 제자들과 같은 규칙에 들어가기에는 지금껏 해온 단사천만의 규칙에 어긋났다.

같이 여정을 함께할 또래의 제자들과 인사하는 것보다도

이제까지 해온 규칙적인 삶을 유지하는 것이 단사천에게는 더 중요했다.

"…그래서 벌써 왔느냐?"

무양자는 단사천의 행동에 기가 차는 수준을 넘어서 이제는 해탈의 경지에 이르렀다.

거의 십 년, 무양자와 단사천이 약식으로나마 사제의 연을 맺고 함께 살아온 시간이다. 그리고 그동안 단사천은 늘 무양자의 상식을 파괴하고 있었다.

"평상시의 단련이야말로 무엇보다 중요하다고 말하신 건 사부님이신데요?"

태연하게 말하는 단사천을 보며 무양자는 머리를 부여잡았다.

단사천을 제자로 받은 것에 대해 후회는 하지 않지만 이럴 때는 가끔 생각한다. 그때 너무 충동적으로 결정한 것이 아니었을까 하고.

"당장 내일이면 출발인데 얼굴 좀 익혀놓는 것이 낫지 않겠느냐. 여행길에 어떤 도움을 주고받을 줄 알고……."

상식이다. 더군다나 단사천은 다른 아이들처럼 단체 수련을 한 것도 아니고 다른 장로의 제자들과 교류가 있는 것도 아니다.

무경자와 한창 실세로 활동하는 청산자도 따라간다. 거기에 일성이 포함되고 일행도 적지 않다. 위험할 일은 없겠지만 그래도 여행길에 어떤 일이 생길지 모른다.

그렇기에 또래 아이들과의 관계를 위해 오늘 정도는 수련을 쉬어도 좋다고 말했지만 단사천은 늘 수련하는 시간에 맞춰 이미 준비를 끝내 놓고 있었다.

"아니, 내 잘못이지. 그럼 수련하면서 듣도록 해라."

한숨과 함께 단사천의 수련을 거들었다. 그 뒤로는 평상시와 같았다.

본격적인 수련에 앞서 근육을 예열시키는 가벼운 준비운동부터 시작했다.

모두가 그 중요성을 알고는 있지만 너무나 기초적이기에 다들 가볍게 보는 경향이 있다.

하지만 단사천은 최소한의 가능성도 용납하지 않겠다는 듯 열정적으로 몸을 풀어갔다.

"무경자 녀석은 성격이 더러우니까 괜히 나대서 눈에 띄지 말고, 만약 무슨 일이 생기면 일성 녀석 뒤에 붙어 있도록 해라. 그 녀석도 무자배의 장로니까 나름 한 수는 할 테니 위험하지는 않을 것이다."

조금 다르게 해석한다면 너는 약하니 괜히 나서지 말라는 소리다.

혈기 넘치는 사람이라면 반발할 이야기지만 단사천은 그 말을 진지하게 들었다.

"명심하겠습니다."

괜히 눈먼 칼에 찔려 몸에 상처를 남기고 싶지 않았기에 단사천은 무양자의 말을 가슴에 새겼다.

"그리고 무경자 녀석에게 말해놨으니 오는 길에 의선문에 잠시 들렀다 오너라."

"의선문이요?"

"그래. 곧 네 생일이니 선물을 하나 부탁해 놓았다. 조화연기공이라고, 몸 안에 있는 약 기운을 흡수하고 정제하는 데 아주 좋은 심법이다. 매일같이 처먹는 그 약들이 제대로 몸에 흡수되려면 그걸 배우는 게 좋을 게야. 내가 대충 만든 것보다는 제대로 하나 배우는 게 너한테도 좋을 거다."

"감사합니다. 그런데 저 혼자 가나요?"

건강에 도움이 된다니 귀신같이 눈을 빛내던 단사천은 이내 혼자 움직여야 한다는 것에 신경이 미쳤는지 눈살을 찌푸렸다.

"의선문에서도 이쪽을 방문하기로 했다. 기껏해야 혼자 여행하는 건 이삼 일에 지나지 않을 테니 걱정 마라. 거기다 네 실력이라면 네가 다치는 것보단 널 습격할 놈들 목숨이 더 걱정이다."

호체보신결이 육심에 이르고 무광검도는 세 단계 중 첫 단계의 완성을 바라보는 수준에 이르렀다.

어지간한 고수들도 방심하면 일 초에 결판을 낼 수 있는 무력이 지금 단사천의 손안에 쥐어져 있는데 무엇을 걱정할까?

더욱이 자신의 보신을 우선시하는 단사천의 성격상 상대가 도망갈 길을 막고 동귀어진이라도 하지 않는 한 다치지는 않을 것이다.

애초에 녹림도를 만나더라도 도망이나 쳐버릴 녀석이 위험한 곳에 머리를 들이밀 거라는 생각도 들지 않았다.

"아무튼 잘 다녀와라. 어디 다치지 말고."

"걱정 마세요. 적어도 위험할 것 같으면 바로 도망칠 테니까요."

단사천의 준비운동을 돕던 무양자의 손에 힘이 더 들어갔지만 이미 예열이 끝난 단사천은 무리 없이 받아들였다.

하는 말은 정파의 일원답지 않았지만 다른 행동을 취하지는 않았다. 이러니저러니 해도 무양자도 지난 십 년간 단사천과 정이 들었다.

십 년 전 만나 사제지간이 된 뒤로 처음으로 몇 개월이나 떨어지게 되는 것이다. 걱정되지 않는다면 거짓말이다.

"그렇군. 떠나기 전에 대련이나 한번 하지 않겠느냐?"

"아뇨."

단사천은 성취를 확인하기 위해 매달 치러지는 정기 비무가 아니라면 절대 검을 맞대지 않았다. 그러다 어디 다칠 수도 있다는 논리에서였다.

무양자 역시 단사천이 받아들이지 않을 거라는 것을 알고 있었다.

"그럴 거라고 생각했다. 내일은 떠나야 하니 오늘은 가볍게 몸만 풀고 들어가도록 해라."

내일부터 이어질 여정은 짧지 않았다. 점창파가 있는 창산에서 목적지인 개봉까지는 말 그대로 천하를 가로지르는 여행이다.

개개인이 마차나 말을 준비하지 않는 이상 편도로도 몇 개월은 우습게 걸린다. 그 과정에서 쌓이는 여독은 무시할 만한 것이 아니다. 특히 단사천처럼 제 발로 걸어가는 것이 처음인 경우라면 더더욱.

"아, 그러고 보니 봇짐을 싸야 하는데 필수적인 것들은 뭐가 있는지 좀 알려주시겠습니까?"

"그런가? 그것도 있었군. 됐다. 오늘 수련은 그만하고 짐이나 싸자."

무공 이외의 것에서도 사부로서 가르칠 게 있다는 것에 약간의 귀찮음과 뿌듯함을 느끼며 움직인 무양자였지만, 이내 생각을 고칠 수밖에 없었다.

단사천이 생각하는 필수품과 무양자가 생각하는 필수품의 차이에서 비롯된 두통은 결국 무경자에게로 넘어갔다.

다시 한 번 말하지만 군웅대회와 천하대전에 참여하기 위해서는 운남성의 끝에서 하남성의 한구석인 개봉까지 걸어가야 한다.

천하를 가로지르는 길이다. 당연히 아무렇게나 나들이 가듯 가볍게 갈 수 없었다.

그렇기에 본 파에서 준비한 나귀 세 마리 분량의 짐을 제외하고도 각자가 봇짐을 따로 들고 가야 한다. 그리고 그 과정에서 필요 없다고 판단되는 물품은 과감히 제외시키고 봇짐을 가볍게 만드는 것이 보통이다.

대부분은 준비해 가는 은 몇 냥으로도 해결이 가능하기에 옷과 신발을 하나에서 둘 정도 더 챙기는 것이 보통이다. 그런데 한 명만이 달랐다.

"그건 뭐냐?"

무경자는 언짢은 표정으로 단사천을 향해 말했다.

"제 봇짐인데요?"

아무렇지 않게 대답하는 단사천이 메고 있는 봇짐은 주변의 다른 사람들과 비교했을 때 족히 세 배는 컸다.

대체 무엇을 저렇게 담았기에 그런가 싶을 정도였기에 다들 말은 하지 않아도 신기한 눈으로 쳐다보고 있었다.

"대체 그 안에 뭐가 들은 게냐?"

"약탕기랑 왕복하는 동안 먹을 약, 그리고 금창약, 내상약이랑 이건 배탈에 좋은 약재이고 여기는 해열, 두통, 근육통에 또……."

담담하게 말하는 그 모습에 무경자는 이마를 짚었다.

'사형이 말한 게 이거였나.'

한동안 속가제자 하나를 들였다고 조용하던 그의 사형인 무양자가 어제 웬일로 자신에게 먼저 이야기를 한다 했다. 과연 이런 골칫덩이를 떠넘길 생각에서 그랬나 싶어 무경자는 갑작스레 찾아온 두통에 눈살을 찌푸렸다.

"뭐, 좋다. 네 개인 짐에 관여할 생각은 없지만 그것 때문에 일정이 지체된다면 놓고 갈 테니 그리 알아라."

"걱정하지 않으셔도 됩니다."

대수롭지 않게 답하는 그 모습에 무경자는 두통이 심해지는 것을 느끼며 호령했다.

"출발한다!"

그렇게 무경자에게 두통과 걱정을 안기고 시작한 여행이었지만 의외로 여행길은 평안 그 자체였다.

점창산에서 사천성까지 가는 길에는 이미 점창 출신의 속가제자들이 미리 준비한 길을 따라 움직였다. 사천성에서는 청성파와 아미파, 사천당문이 자리한 곳답게 산길에서마저도 녹림도를 만나기 힘들었다.

설령 나온다 할지라도 그들이 영업하려는 상대가 점창파라는 것을 확인하자마자 그대로 도망치거나 엎드려 빌 뿐, 저항은커녕 그럴 생각조차 하지 못했다.

이런 일정에 꽤나 많은 무림 초출의 신출내기들이 무공을 뽐낼 기회를 놓쳤다며 아쉬워했지만 그저 그뿐이었다.

무경자의 정면에서 불만을 말할 정도로 간 큰 제자도 없었거니와 그들도 무저항의 상대를 농락하는 것은 원하지 않았기 때문이다.

그 와중에도 저 산더미 같은 짐에 금방이라도 지쳐 쓰러질 것 같던 단사천은 얼굴색도 변하지 않고 잘 따라붙고 있었다.

결국 몇몇 어린 제자들의 바람과 달리 사천성을 횡단하는 내내 아무런 소동도 없는 여행이 되었고, 일행의 대부분을 차지하는 무림 초출들은 이젠 그저 군웅대회가 열리는 개봉에 빨리 도착하고 싶은 마음뿐이었다.

그럴 때 일성이 굳은 얼굴로 무림 초출들을 상대로 이야기를 꺼냈다.

"여기만 지나면 섬서다. 뭐, 여기서도 너희가 기대하는 사파의 습격이나 녹림도의 등장은 없을 테지만."

섬서성에는 화산파와 종남파가 있어서 사천성과 마찬가지로 치안이 확실히 잡혀 있다는 것 정도는 다들 알고 있었다.

거기에 더해 군웅대회가 시작되는 이맘때는 전국에서 몰려드는 무림인들 때문에 녹림도들은 아예 장사를 접는다는 이야기도 있었다.

당연히 그들이 원하는 그런 상황은 기대조차 하기 민망한 확률이었다.

"그렇지만 일단 섬서에만 들어서도 주변에서 모여든 무림인들이 많으니까 괜한 시비에 걸리지 않게 조심하고."

사실 이것이 가장 중요한 이야기였다.

군웅대회는 말처럼 엄청난 군웅이 몰려든다. 각 파에서 엄선한 인재들이라고는 하지만 천하는 넓고 사람은 많았다. 그런 수많은 사람들이 개봉에 모여드는 것이다.

숫자는 적게 잡아도 수천 명. 그 정도의 사람들이 모인다면 당연히 소란이 일어날 수밖에 없다. 그리고 그들은 병장기를 휴대하는 무림인인 만큼 더더욱 소란스럽고 위험한 소란이 일어난다.

소란을 막기 위해 소림과 개방에서 각각 파견된 무승과 법개들이 있기는 하지만 그런 걸로 무림인들의 자존심 싸움을 완전히 멈출 수는 없었다.

대부분이 후기지수라는 것도 크게 작용했다.

하나같이 경험은 부족하면서 혈기는 넘친다. 사고를 만들어내는 것의 대부분은 그들이었다.

그리고 그런 문제가 커지면 결국 문파 대 문파의 자존심 싸움이 된다. 이런 문제를 막기 위해 일성이 말을 꺼낸 것이다.

"그렇지만 혹시라도 모욕을 당했다고 느낀다면 주저하지는 말아라. 우리는 대점창파의 제자들이다. 주눅 들거나 약한 모습을 보여서는 안 된다. 단, 싸움이 크게 번질 것 같다면 나나 무경자 사숙, 또는 청산자 사숙께 알리는 걸 잊지 마라."

거기까지 말하고 일성은 이내 웃는 얼굴로 돌아갔다. 공과 사를 확실히 구분하는 모습이다.

긴 여행에 지친 어린 제자들을 상대로 불편한 점이나 아픈 곳 등을 물어보며 조금 더 상황을 살펴보던 일성이 휴식을 위해 사라지자 남은 제자들은 삼삼오오 모여 이야기꽃을 피웠다.

후기지수들의 비무대회인 천하대전에 대해서나 군웅대회에서 만날지도 모를 고수들의 이야기가 대부분이었지만, 일성이 말한 것들에 대해서도 이야기가 오갔다.

그리고 그런 가운데 유일하게 소란 바깥에 홀로 앉아 약을 달이던 단사천은 한 가지 결심을 했다.

'만약 일이 커지면 내가 알리러 간다고 해야지.'

상대가 강하든 약하든, 또는 많든 적든 위험은 어디에나 도사리고 있다.

위험한 곳에서 멀리 떨어지는 것이야말로 최고의 호신술이었다.

그렇게 오늘도 단사천은 무양자가 말한 '일성과 무경자 뒤에 숨으라는' 조언을 충실히 지키기 위해 노력하고 있었다.

* * *

장문제자인 일성은 이번이 두 번째 천하대전 참가였다. 사년 전, 이십 대 초반이던 일성은 당시 열린 천하대전에 첫 참가해 준결승까지 진출했다.

천하대전이라고 이름은 거창하지만 그저 후기지수들의 비무대회일 뿐이기에 가능한 일이었다.

서른 살이 넘으면 참가할 수 없는 규정 탓에 실질적으로 각파에서 자랑하는 후지기수를 선보이는 대회였는데, 이는 볼거리라고는 황실에서 나온 관리의 선언과 대문파에서 나온 대표들의 얼굴이 전부인 군웅대회만으로는 만족할 수 없던 사람들의 흥취를 돋우기 위한 일종의 유희였다.

하지만 유희라고 위험이 없는 것은 아니다.

천하대전 상위의 열 명에는 십룡이니 십걸이니 하는 별호가 주어지며, 그 안에 들지는 못하더라도 이를 관람하는 무림 명숙들의 눈에 들어 팔자가 바뀌는 경우도 많기에 대충 하는 자는 없었다.

그리고 천하대전은 결국 각 문파들의 자존심 싸움이었다.

일개 비무대회에 지나지 않지만 거기에는 명문이라 자부하는 거대 문파들의 자부심이 걸려 있었기에 중상자 정도는 심심치 않게 나왔다.

그런 곳에서 일성은 준결승, 그것도 소림과 청성의 장문제자를 꺾으며 삼 위라는 뛰어난 성적을 거두는 것으로 첫 무림 출두를 성공적으로 마쳤고, 섬룡(閃龍)이라는 그의 분광검에 어울리는 별호까지 얻었다.

당연히 점창의 위세는 높아졌다.

미래의 점창을 이끌 장문제자의 능력을 만방에 뽐낸 것이다. 거기에 민중의 인기까지 등에 업으며 낸 성적은 문파 내부만이 아니라 외부에도 영향을 미친다.

알게 모르게 속가제자의 입문이 늘고 기부가 많아진다. 운남성을 기점으로 하는 다른 문파들과의 알력에서도 한발 앞서나간다. 이번 대회에서도 점창에서는 일성에게 기대를 걸고 있었다.

같이 참가하는 본산제자나 속가제자들은 본선인 육십사강

안에만 들어도 성공이라 할 수 있는 수준이지만 일성만큼은 우승도 노려볼 만한 인재였기에 당연한 수순이다.

무엇보다 일성이 가져다준 그 달콤한 결과물이 만들어낸 성과가 어떻게 문파에 기여했는지 알기에 장문인을 위시한 점창파의 실무진은 일성에게 기대를 걸고 있었다.

"이번 대회, 자신은 있느냐?"

"솔직히 자신은 없습니다. 그저 최선을 다할 뿐이죠."

일성도 그러한 기대를 알고 그에 부응하려고 노력한다.

점창파가 얻은 영약을 우선적으로 제공받고, 장로 두세 명이 상시 달라붙어 무공에 대한 조언을 아끼지 않았으며, 필요하다면 비무도 몇 번이고 해왔다.

누구보다 많이 했다고 자부할 정도는 아니지만 그렇다고 딱히 누군가에게 밀릴 정도의 노력은 아니었다.

하지만 일성과 같은 십룡도 여전히 이번 대회에 참여한다.

십룡의 무위는 비슷비슷했다. 그럼에도 일성이 삼 위라는 성적을 거둘 수 있던 것에는 반쯤 운이 작용했다고 해도 과언이 아니다.

실력이 뒷받침되었기에 가능한 것이기는 하지만 대진표나 상성 같은 요소가 전혀 없었다고 말할 수는 없었다.

"일단 문앙과 조경, 그 두 친구는 좀 나중에 만났으면 합니다."

일성은 그 사실을 알기에 더욱 정진해 왔지만 그럼에도 꺼림칙한 상대는 있었다.

개방의 용걸개 문앙과 무당의 비검룡 조경.

비무대라는 한정된 공간 위에서라면 어지간한 후기지수는 상대도 되지 않는 괴물들이다. 이미 무림에서 활동하는 중견 고수들마저 비무의 형식하에 그들과 겨룬다면 승리를 장담할 수 없는 수준이었다.

실제로 그 둘이 지난 대회의 우승자와 준우승자이기도 했다.

그리고 무엇보다 무공의 상성이 문제였다. 용걸개 문앙은 그나마 낫지만 비검룡 조경과의 상성은 최악이라 해도 과언이 아니었다.

"아마 그렇게 될 거다. 십룡은 최대한 나중에 만나도록 대진표가 짜이니 그 부분은 걱정하지 않아도 좋다."

무경자는 담담히 말했지만 그것은 말하자면 조작과 같았다.

대회의 흥행과 관중의 흥미를 위해서라지만 대진표가 일정한 법칙 위에서 짜인다는 것이니까. 물론 알게 모르게 거대 문파의 제자들을 위한 대진표가 짜인다는 것 정도는 모두 알고 있었다.

"충분히 쉰 것 같으니 일어나거라."

무경자와 일성은 지난 여정에서 매일같이 비무를 해왔다. 그리고 그것은 개봉을 앞둔 지금도 이어지고 있었다.

천하대전까지 시간이 얼마 남지 않았기에 조금이라도 더 많은 것을 배우고 가르치기 위해서였다.

"그럼 한 판 더 부탁드리겠습니다, 사숙."

땀과 먼지로 범벅이 된 무복을 정돈하며 일어난 일성의 눈동자는 날카로웠다.

"한 가지만 말해두마."

기수식을 갖추려는 일성을 앞두고 무경자가 굳은 얼굴로 입을 열었다.

"자신감을 가져라. 조금은 오만해도 좋다. 너는 대점창파의 장문제자이다. 적어도 이 대회의 참가자 중에 너보다 빠르고 날카로운 검객은 없다."

평소 칭찬에 인색한 무경자답지 않은 한마디에 일성은 순간 당황했지만 곧 패기 넘치는 웃음으로 답했다.

"새겨두겠습니다."

"음, 와라. 삼 초 양보하마."

섬서의 한 객잔 후원에서 펼쳐지는 공방은 한동안 더 이어졌다.

*　　*　　*

당장 십여 년 전까지만 해도 개봉은 작은 도시였다.

송대에는 수나라 때 만들어진 운하를 기반으로 수십만의 인구가 들락거리던 거대한 상업도시였지만 그 후 원나라 때 철저히 파괴당하며 몰락했다.

당금의 왕조인 명나라는 이 개봉을 재건하기 위해 물자와 인력을 투입했지만 아직 개국 초기이기에 물자와 인력이 급한 곳이 너무 많았다.

결국 당대의 황제는 개봉의 재건을 위해 국가가 나서기보다 민간, 그 가운데에서도 무림인들을 이용하고자 했다.

이미 개방이라는 거대한 문파가 개봉에 자리 잡고 있기는 했지만 그들은 거지였다.

돈을 쓰기는커녕 주변에서 빨아들이는 존재였다. 지역 발전에 도움이 되지는 않았다. 그래서 만들어진 것이 군웅대회였다.

개봉 인근의 무림문파들에게는 나라에서 의무와 권리를 부과했다.

본디 관과 무림은 불가근불가원이라지만 어디까지나 불문율에 불과하던 그것을 황제는 과감하게 성문화해 버린 것이다.

—군웅대회에 참여하는 문파들에게는 법에 어긋나지 않는 한도 내에서 그 자치적 권리를 인정한다.

이는 단순한 한 줄 문구에 불과했지만 그 문구가 만들어낸 파급력은 지대했다. 그 한 줄 문구를 얻기 위해 문파들이 모여들었다.

개봉 인근 중소 문파들을 그러모으던 것에서 시작한 군웅대회는 점차 참여자를 늘려가더니 백련교의 난을 기점으로 성립된 무림맹과 연계되어 마침내 중원 각지에 산재한 수많은 문파들이 관여하게 되었다.

물론 권리만 있는 것은 아니었다.

군웅대회에 참여하는 문파들은 문파의 본류가 위치한 지방에서 범법자 검거에 협력하며 지역 발전에 도움을 주어야 한다는 의무도 부가되었지만, 그런 일들은 이미 하고 있던 일이기에 누구도 꺼리지 않았다.

그리고 문제가 생기기 시작했다.

결국 천하에서 문파라는 이름을 걸고 활동하는 자들은 모두가 군웅대회에 참여하게 되었는데, 그 와중에 서로 은원이 있는 문파끼리 마주치게 되었던 것이다.

사 년에 한 번 수천 명이 모여드는 개봉이다. 그런 경우는 한둘이 아니었고, 당연히 소란이 끊이지 않았다.

그것을 막기 위해 거대 문파에서 자체적으로 무력 단체를 보내 치안을 확보하기는 했지만 쌓인 혈기를 한 번 정도는 터뜨려 줄 필요가 있었다.

그 결과 개봉과 인근 마을의 주민들은 즐길 것이라고는 전혀 없었던 군웅대회를 장식할 천하대전을 만들어냈다.

은원과 이권 다툼 등을 해결하기 위해 만들어진 작은 비무대회로 시작한 천하대전은 어느새 하나의 축제이자 문파 간의 자존심이 부딪치는 대결의 장이 되었다.

"…결국 황제폐하의 뜻에 따라 만들어진 두 가지 대회는 개봉을 작고 몰락한 소도시에서 인구 수십만을 헤아리는 거대한 상업도시로 다시 한 번 탈바꿈시키는 데 성공했다. …그런데 아무도 안 듣는군."

개봉과 군웅대회의 기나긴 역사에 대한 이야기는 개봉이라는 거대한 도시가 선사하는 위압감에 넋이 나간 점창산 출신의 초출들 귀에는 들어오지 않았다.

쓴웃음을 지은 일성은 조금 흐트러진 일행의 주의를 붙잡고 다시 발걸음을 재촉했다.

"자자! 도시 처음 나온 티 그만 내고 가자. 조금만 더 가면 숙소다."

이윽고 도착한 숙소는 아주 잠시 시끌벅적한 소란을 만들어내다가 순식간에 조용해졌다.

커다란 객잔의 후원을 통째로 빌린 숙소였기에 인원에 비해 큰 것도 있었지만 스무 명의 인원이 전부 각자의 방에 짐을 풀고 난 뒤에는 숙소를 나가 버렸기에 그랬다.

초출들은 개봉 구경을 위해 나갔고, 근처에 인맥이 있는 사람들은 그 인맥을 관리하기 위해 움직였다.

일성과 무경자는 군웅대회의 실무진과 이야기하러 갔고, 또 다른 인솔자인 청산자는 점창의 속자제자 출신이라는 객잔의 주인과 이야기하고 있었다.

객잔 내부에 남은 것은 단사천이 유일했다.

단사천이 나가지 않은 이유는 간단했다.

정파와 사파를 가리지 않고 사람이 모여든다는 점과 점창은 긴 역사답게 꽤 복잡한 은원관계를 가지고 있다는 점 때문이었다.

그래서 언제나처럼 약탕기 앞에 앉아 약을 달이고 있던 단사천은 이내 한 가지 문제점을 발견했다.

"백단향이랑 오미자가 떨어졌네."

여행 도중에 탈이 난 사람들이 있어 급한 대로 지니고 있던 약재를 사용했더니 몇 가지 약재가 양이 부족했다.

당장 오늘 먹을 약도 만들지 못할 정도였기에 단사천은

고민했다.

"보약 며칠 안 먹는다고 죽는 것은 아니니까 좀 참을까?"

보약은 지금껏 먹어온 것들이 몸 안에 남아 있고, 그것들도 제대로 소화하지 못해 별도의 기공을 배워야 했으니 오히려 먹는 게 몸에 좋지 않다고 할 정도였다.

그런 반면 당장 밖으로 나가면 언제 어떻게 시비에 휘말릴지 몰랐다.

무인 수천 명이 한곳에 모여 있다.

사고가 없을 수 없었고, 그 대상이 자신이 아니라는 보장도 없었다.

"그래, 오늘은 약 기운 소화에 집중하자."

…그리고 그렇게 결심한 단사천이 숙소를 나선 것은 불과 일각이 지난 뒤였다.

당초에 단사천은 전신에 잠들어 있는 약 기운을 온전히 소화할 생각이었다.

호체보신결의 구결에 따라 호흡하며 몸속의 약 기운을 조금씩 깨워나가는 것까지는 예상대로였지만 하나 예상하지 못한 것이 있었다.

약 기운이 깨어나며 약향이 동시에 깨어났다. 이후로도 약 기운을 정제해 나가자 점점 약향은 강해졌다.

사실 그것 자체에는 아무런 해도 없었다. 오히려 몸에 좋은 기운들이 완전히 흡수되지 못한 채 향기라는 형태로 단사천의 몸 밖으로 나왔을 뿐이지만 그렇기에 단사천에게는 문제가 되었다.

'아, 이거 안 되겠다.'

약향으로 인해 자극된 혀가 뇌와 몸에 신호를 보낸다. 마치 담배를 끊은 사람이 주변에서 담배 냄새를 맡은 것처럼 단사천의 인내심도 끊어졌다.

태어나서 지금까지 단 하루도 약 없이 보낸 날이 없던 단사천이기에 약의 부재는 참을 수 없는 것이었다.

점소이를 시켜 약재를 사 오도록 할 수 있다는 간단한 생각도 하지 못하고 곧바로 뛰쳐나온 단사천은 이내 후회했다.

"하아……."

점소이가 알려준 약방은 도시 외곽에 있었다.

심마니들과의 거래를 위해 산 바로 밑에 자리 잡은 약방은 현지인이 아니라면 아는 사람이 드물기 때문에 이런 시기에는 가장 안전한 곳이라는 설명도 덧붙였다.

그런데 그 약방 앞에서 한창 싸움이 벌어지고 있었다. 그것도 곳곳에 혈흔이 있을 정도로 상당히 험한 싸움이었다.

"돌아가면 돈 다시 받을 거야, 그 점소이."

거리도 꽤나 있고 싸우느라 정신이 없었기에 걸리지 않을지도 모른다는 희망을 가지고 발을 돌려 다른 약방을 찾으려 했지만 곧이어 들려온 외침에 멈춰 서야 했다.

"이쪽으로 오지 마!"

뒤를 돌아보지 않아도 알 수 있을 정도로 날카로운 살기가 뒤통수를 찌르고 있었다.

三. 사고

무설에게 오늘은 이상하다 못해 꺼림칙한 날이었다.

길잡이로 고용한 낭인은 개봉 인근에서 길을 잘못 들었다며 도착 예정일을 하루 늦추었다.

그는 늦은 만큼 빠르게 움직이겠다 말했고, 전날에는 밤을 새워가며 달려야 했다.

그리고 그렇게 도착한 개봉에서 안내된 곳은 번화가가 아닌 사람의 인적이 없는 골목이었다.

그때부터라도 무설은 이상함을 깨달았어야 했다. 아무리 사람들이 지나다니는 개봉 시내가 멀지 않은 곳에 있다 하더라도 말이다. 뒤늦게 불길한 인기척이 있음을 눈치챘지만 이미 때는 늦은 상태였다.

아무도 없었던 그 길목에서 갑자기 나타난 괴인들은 서른을 약간 넘는 일행을 완전히 포위했다.

"누구냐!"

소리치며 앞으로 나선 호위무사의 목이 떨어졌다.

그야말로 일순간. 눈으로도 확인할 수 없는 공격이었다. 모두 그 무공에 숨죽이고 있을 때 무리 가운데 있던 청년이 검을 뽑아 들고 나섰다.

"우리가 누구인 줄 알고 하는 짓이냐!"

내공이 담긴 그 외침은 바닥의 돌을 울릴 정도로 강렬한 외침이었지만 그뿐이었다.

"안다! 패천방주의 무남독녀 뒤꽁무니를 쫓아다니는 놈들이 아니더냐!"

그 뒤 이어진 것은 같은 상황의 반복이었다.

말을 하는 순간 검을 뽑았든 뽑지 않았든 단 일순간에 목이 떨어졌다.

눈으로도 쫓을 수 없고 귀로 들을 수 있는 것은 오로지 검이 검집에 다시 들어가는 순간 내는 마찰음뿐이었다.

상황을 파악한 호위무사들이 주요 인물들을 보호하기 위해 자리를 잡기 시작하는 순간, 다시 한 번 핏물이 터져 나왔다.

“모두 여기서 죽거라!”

그렇게 시작된 싸움은 시간이 지날수록 불리해져 갔다. 처음에 나선 괴인을 제외한 나머지는 오히려 이쪽이 우위를 점할 정도였지만 처음 나선 괴인의 무력은 압도적이었다. 그가 나설 때마다 누군가가 죽어나갔다.

도망칠 길도 없이 그저 버티기만 하던 그때, 무설의 눈에 청색 옷을 입은 도사가 보였다.

골목에서 모습을 드러낸 그 도사는 싸움을 보고 얼굴을 찌푸리더니 곧바로 등을 돌려 골목 너머로 사라지려 했다. 하지만 그것보다 그녀의 입이 먼저 움직였다.

“이쪽으로 오지 마!”

처음 보는 사람이었다. 그것도 그녀가 소리치지 않았다면 그대로 가버렸을 사람이지만 이 외침으로 인해 그에게도 괴인들의 관심이 돌아갔다.

단 한순간 괴인들이 머뭇거렸고, 그사이 발생한 틈을 통해 몸을 빼냈다.

고작 눈을 한 번 깜빡이는 동안 일어난 일이었지만 곧바로 눈치챈 수장 격의 괴인이 쾌검을 날려왔다.

반응할 수조차 없는 검이었지만, 그 검은 무설과 괴인 사이의 궤적에 몸을 날린 호위무사의 몸뚱이에 박히며 막혔다.

"모두 조금만 버티고 있어! 사람들을 불러올 테니까!"

곧바로 달려나가지만 주변을 포위하고 있던 괴인들이 곧바로 따라붙었다.

조무래기들이라지만 단숨에 떨쳐내기에는 시간도, 내공도 여유가 없었다. 이내 무설은 얼굴을 굳히고 방향을 틀었다. 목표는 지금도 멍하니 이쪽을 쳐다보고 있는 푸른 옷의 도사.

속도를 높여 그의 머리 위를 뛰어넘어 지나갔다. 뒤를 쫓아오는 괴인들을 떠넘기는 행위는 지탄받아 마땅한 행위였지만 그녀는 이미 각오한 바였다.

하지만 그 각오는 곧바로 무너졌다.

쾅!

발이 무언가에 잡혀 몸의 중심이 흐트러지는 것과 함께 바닥에 직격한 충격으로 순간 의식이 끊겼던 것이다.

"아가씨!"

단사천은 바닥에 널브러져 기절해 버린 홍의 여성에게서 시선을 거두고 외침의 근원지를 향해 고개를 돌렸다.

복면을 뒤집어쓴 괴인들과 그에 맞서 싸우던 흑의인들 모두가 이쪽을 보고 있다.

그리고 두 무리 모두 자신에게 적의와 살의를 열렬히 보내고 있었다.

'아무런 잘못도 안 한 사람을 끌어들인 게 누구인데'라고 쏘아 주고 싶었지만 그보다 먼저 해야 할 일이 있었다.

"이 여자랑 저는 관계없으니까 그냥 가고 싶은데, 괜찮을까요?"

안전 확보이다. 점창파에서도 이런 상황에 대해 몇 가지 가르침을 제자들에게 내렸다.

그리고 대부분의 경우에는 상관하지 말 것을 당부했다.

강호에는 은원이 복잡하게 얽혀 있어 한순간의 단면만으로는 전후를 파악할 수 없다는 것이 주요 내용인 그 가르침은, 함부로 사건에 개입하지 말 것을 제자들에게 주지시켰다.

단사천은 그런 사문의 가르침에 크게 공감하는 편이었다.

그렇기에 가르침에 따라 그냥 지나가던 길이나 마저 지나가겠다는 의지로 고개까지 숙이며 그렇게 말해봤지만… 오히려 살기만 짙어지고 있었다.

"죽여."

우두머리로 보이는 복면인의 명령과 함께 세 명이 뛰어왔다. 과연 말이 통하지 않으리라고 생각은 했지만 이렇게 즉각적으로 죽이려 달려들 줄은 몰랐다. 어떻게 해야 하나 싶어 고민했다.

이대로 발을 돌려 도망가는 것은 어떨까 하는 생각도 해봤지만 지금 달려오는 복면인들의 경공은 자신의 것보다 우위에 있었다.

단사천은 내심 한숨을 내쉬었다.

그래도 같은 항렬의 다른 제자들에 비해서는 꽤 빠른 경공이었기에 안심하고 있었는데… 과연 강호는 안심할 수 없는 공간이었다.

결국 요격을 결정했다.

노리는 것은 세 명의 복면인을 잇는 최단의 선이다. 가볍게 오른발을 앞으로 들이밀고 허리춤의 검을 뒤로 꺼냈다.

스윽.

그렇게 기합도 없이, 어떤 기척도 없이 내지른 검은 이내 검집으로 되돌아왔다.

누구도 보지 못한 단 한순간의 검격이 제각각의 위치에서 합격진을 펼쳐 오던 세 명의 복면인을 단 하나의 선으로 이어버렸다.

철컥 하고 검이 검집에 들어가며 낸 작은 소리는 이내 땅으로 떨어진 세 복면인의 소리에 묻혀 사라졌다.

죽지는 않았지만 이미 요혈을 베어냈다.

당장 치료하지 않으면 죽어도 이상하지 않을 상처였다. 점창과 같은 명문정파의 손속이라기엔 잔혹하다고 할 정도였지만 애초에 그것밖에 배운 것이 없기에 어쩔 수 없었다.

무광검도의 본질은 싸움을 최단 시간 내에 해결하는 것이었다.

최단의 선을 찾아 연결하는 일격에 상대를 전투 불능으로 만든다.

오직 그것만을 목적으로 만들어진 검도였다.

"이놈! 고수였구나!"

복면인들의 우두머리가 외쳤다.

그와 함께 복면인들의 기세가 일변했다.

갑작스런 난입자에서 주의해야 할 적으로 단사천을 인식한 것이다.

"그냥 모른 척하게 해주면 나도 좋고 여러분도 좋은 일인데 왜 굳이. 하아!"

그것이 단사천의 본심이었다. 점창파에서 무려 십 년이라는 시간을 보냈다.

태어나면서부터 새겨진 건강 강박증을 지우기에는 부족했지만 그래도 그 위에 점창파의 가르침이 덧씌워지기에는 충분한 시간이었다.

단사천에게는 '위험하지 않은 한'이라는 조건이 붙기는 했지만 협객으로서의 마음가짐이라는 것이 존재했다.

마음 한구석에 존재해 찾아서 꺼내지 않으면 보이지도 않을 수준이기는 했지만 일단 존재하고는 있었다. 그렇기에 이렇게 무차별적인 살인을 하려는 자들이 눈앞에 나타난 이상 어쩔 수 없었다.

적어도 위험하지 않은 선에서는 협객이 되는 수밖에.

"너희는 패천방 놈들을 맡아라. 내가 놈을 상대하마."

걸어 나오는 우두머리는 한눈에 봐도 위험이 물씬 풍기는 상대였다. 주변의 다른 복면인들과는 차별되는 강함을 가지고 있었다.

전신에서 풍겨 나오는 살의와 투기, 그리고 그 밑에 숨겨진 냉정한 검기까지.

"지금이라도 도망가고 싶은데 괜찮을까요?"

단사천의 말에 복면인은 그저 웃음만을 내비쳤다. 마치 맹수의 그것과 같은 이빨을 드러내는 사나운 웃음과 함께 섬광이 날아들었다.

카앙!

날카로운 쇳소리가 허공에 울려 퍼졌다.

언제 뽑혔는지 알 수 없는 복면인의 검을 막아선 것은 단사천의 검이었다.

그나마 스승인 무양자와의 무광검도 대련이 있었기에 간신히 반응할 수 있었지만 분명히 늦었다. 그 증거로 목덜미의 옷깃이 잘리고 머리카락이 잘려 나갔다.

"죽어라."

검이 빗살처럼 내쏘아졌다.

방금보다도 더욱 빨라진, 그야말로 섬전과 같은 속도였다. 하지만 그럼에도 단사천은 그 검을 빗겨냈다. 빛을 남기는 복면인의 쾌검과는 정반대로 소리도 그림자도 남기지 않는 단사천의 검이었지만 속도는 비등, 아니, 그 이상이었다.

분명 무인으로서의 완성도는 복면인 쪽이 월등했다. 내공의 활용이나 보법의 묘리, 검에 담긴 심득까지. 하지만 단사천이 더 빨랐다.

심오한 검의도 없고 폭발적인 내력의 운용 없이도 무광검도는 복면인의 검보다 빠르고 정확했다. 그렇기에 싸움이 성립되었다.

오로지 무광검도의 압도적인 성능에 기댄 것이었지만 단사천은 절정을 넘어선 고수와 정면으로 검을 맞댈 수 있었다.

"과연 천하제일의 쾌검을 자랑하는 점창이구나! 좋아, 좋아! 좋다! 더 해보자!"

살의 위로 광기가 덧씌워졌다. 마치 광기가 폭발하듯 검이 내쏘아졌다.

상식선을 벗어난 속도의 대결이다. 양측 모두 어지간한 무인은 눈으로도 좇을 수 없는 속도로 서로의 요혈을 노리고 매섭게 검을 내쳤다.

만일 단사천과 복면인 사이에 사람이 서 있었다면 이미 수

백 조각이 되었을 정도의 공방이지만 그 수백여 차례의 검격이 행해진 시간은 찰나에 불과했다.

"아가씨를 구해라!"

그 옆에서 차분히 볼 수 있다면 그 속에 담긴 무리와 무수한 가상의 공방에 감탄할 만한 그 대결은, 바깥에서부터 끝이 났다.

패천방의 무인들이 움직인 것이다.

애초부터 복면인들과 패천방도들의 무공 격차는 명백했다.

압도적인 무위를 지니고 있던 복면인들의 수장이 없었다면 이미 패천방의 승리로 끝났을 테지만 그 결과를 단 하나의 고수가 뒤엎어놓고 있던 것이다. 그런데 단사천이 거기에 난입하며 상황은 다시 변했다.

단사천의 뒤를 좇아 복면인들의 수장이 사라지자 그간 움직이지 못하던 패천방의 장로급 무인들이 움직이며 복면인들을 일거에 쳐부수기 시작했고, 단사천이 싸움을 시작할 즈음에 이르러서는 복면인의 절반이 땅바닥에 누워 있었다.

"쯧, 약해빠져선……."

그리고 지금에 이르렀다.

단사천을 앞에 두고 뒤에는 패천방의 장로와 무사들을 둔 상태는 복면인으로서 바라지 않는 상황이었다.

임무는 실패했고 마음에 드는 상대와의 대결은 방해를 받았다. 거기서 복면인의 결정은 돌파였다.

상대적으로 약한 부분, 즉 패천방도들이 점거한 골목의 출구를 향해 복면인은 움직이기 시작했다.

"다음에 보자, 점창파의 도사."

단사천이 공격하지 않을 거라 확신한 복면인은 그대로 뒤를 돌아 달리기 시작했다.

복면인을 막아서는 패천방의 무사들은 정예였지만 복면인의 쾌검을 온전히 막아낼 수 있는 것은 아니었다.

만일 그랬다면 애초부터 그렇게 복면인들의 습격에 밀릴 일도 없었다.

"그럼 저도 이만."

그대로 몸을 날려 골목을 벗어나는 단사천을 패천방의 무사들은 황당한 얼굴로 바라봤지만 이내 달려든 복면인 탓에 곧바로 시선을 돌려야 했다.

"얼굴이 많이 피곤해 보이는데, 무슨 일 있었어?"

군웅대회 일정에 대해 논의를 끝내고 돌아온 일성이 일에 찌든 중년 같은 얼굴로 약을 마시고 있는 단사천을 보며 물었다.

평소라면 건강에 좋다며 억지웃음이라도 짓고 있을 단사천이기에 더욱 그랬다.

“약재 좀 사러 나갔다가 시비가 붙었거든요.”

꽤나 짜증이 났던 건지 얼굴을 찌푸리긴 했지만 겉으로 보기엔 그다지 이상이 없었기에 앞으로는 조심하라는 말과 함께 누구와 시비가 붙었는지를 물어봤다.

“누군지는 잘 모르겠네요. 뭐 잘 도망쳤으니 괜찮아요.”

그렇게 말하고 새까만 약을 들이켜는 그 모습은 정말이지 일이 끝난 뒤 탁주 한 사발 마시는 농민의 그것이었기에 잠시 일성은 멍한 얼굴을 했다.

* * *

만여 명의 사람이 한곳에 모이는 일은 흔하지 않다.

그것도 하나의 목적으로 모이는 일은 북경 같은 거대한 도시에서도 보기 힘들었다.

물론 명나라는 대국답게 수십만에 달하는 군사를 보유하고 있으므로 어딘가에는 군사훈련이라는 이유로 수만 명이 모여 있을지도 모르지만, 이처럼 자발적으로 사람들이 모여드는 것은 분명 흔한 일이 아니었다.

그렇지만 이곳에 사람들이 모여드는 것은 특별한 일도 아니었다.

천하대전과 군웅대회!

당금 천하에서 가장 큰 무인들의 잔치가 시작되기 때문이다.

"천하대전을 시작한다!"

단상 위에 선 남성의 강렬한 사자후가 울려 퍼지고, 뒤이어 모여든 만여 명의 무인과 구경꾼들의 함성이 울려 퍼졌다.

개봉의 중심지에서 벗어나 외곽 지역에 마련된 비무장을 둘러싼 사람들은 이제 곧 시작될 천하대전을 기대하며 목소리를 높여갔다.

술이나 음식을 파는 장사치들이 있는가 하면 대진표를 놓고 돈을 거는 도박사도 있었다.

그러나 이런 소란 속이라면 으레 있을 법한 소매치기와 같은 부류는 어디에도 없었다.

당연한 일이었다. 무림인들, 그것도 정파와 사파, 명문과 약소를 가리지 않고 모여든 무림인들의 무리에서 소매치기를 할 정도로 간 큰 자는 없었다.

그 덕에 수만 명이 모여드는 축제의 한복판치고 경범죄는 전무하다시피 했다. 단지 곳곳에서 펼쳐지는 중범죄의 향연은 어쩔 수 없었다.

"청검방, 이 더러운 사파 놈들!"

"어디 화운검보 따위의 잡스런 문파 놈이 그 이름을 함부로 부르느냐!"

열 걸음에 하나 꼴로 싸움이 일어나고 있었지만 딱히 말리는 사람은 없었다.

오히려 상가나 민가에 피해가 가지 않도록 인적이 적은 곳이나 인근에 마련된 공터로 인도한 뒤 그 주변에 둘러서 있을 뿐이었다.

그런 식으로 당사자들끼리 해결하도록 한 뒤 승자와 패자의 수습과 치료를 맡고 연이은 싸움을 막는 식이었다.

거기에 구경꾼이 많아지면 사문의 절초나 비기, 살초 따위는 쓰기 어려워지기에 대부분이 경상 수준에서 끝나는 효과도 있었다.

물론 그런 가운데에는 단순히 싸움을 즐기는 사람들도 있다.

사파는 대놓고 그들의 싸움을 즐기고 정파는 그런 사파를 천박하다고 무시하면서도 비무에서 무언가 얻을 수 있는 것이 있을까 싶어 그걸 쳐다보았다.

동문들의 천하대전 예선 경기를 응원하기 위해 걸음을 옮기던 점창파의 제자들도 예외는 아니었다.

대부분의 경기가 오후 늦은 시간에 배치된 탓에 천천히 발을 옮기고 있었는데, 주변에서 소란이 일어나자 시간 죽이기를 겸해 그쪽으로 움직인 것이다.

"잘 봐두도록 해라. 너희에 비하면 한 수 위의 대결일 테니."

무경자의 인도 아래 인파의 한쪽을 점창파의 제자들이 채워나갔다.

눈에는 흥미가 담긴 것이 마치 경극을 기다리는 아이들 같았다.

"청검방이 선공을 가져가겠구나."

무경자의 말이 끝나기가 무섭게 청검방의 무인이 도를 내질러 갔다.

얇고 긴 왜도에 가까운 형태의 도는 중원에서 보기 힘든 것이었지만 담겨진 위력 자체는 흠잡을 곳이 없었다. 사파 출신답지 않은 깔끔한 호선의 발도술이 화운검보의 무인을 노렸지만 이내 검집에서 반쯤 뽑힌 검에 막혔다.

화운검보의 검은 상당히 얇은 협봉검이었다. 방금 전의 발도에도 거의 부러질 것처럼 흔들리긴 했지만 버텨낸 뒤 반격을 이어갔다.

검집에서 나오자마자 이어지는 세찬 찌르기에 왜도를 든 무인의 어깻죽지에서 피가 났다.

마지막 순간에 왜도로 궤도를 비껴내지 못했다면 어깨를 관통했을 일격이었지만, 얇고 가벼운 협봉검은 그 마지막 순간의 방어에 궤도를 잃고 생채기를 만들어내는 데 그쳤다.

"노옴! 적당히 봐주면서 하려 했더니!"

"흥, 여기서 죽여주마!"

격돌은 몇 차례나 이어졌다.

다만 말을 하는 것에 비해서는 격렬하다고 하기 힘들었다. 굳이 분류한다면 조금 과격한 비무 수준이었다.

그렇지만 점창파의 제자들에게는 그것만으로도 충분했다.

한 단계 위 무인들의 비무는 그것만으로도 보고 배울 점이 많았는데 거기에 절정을 바라보는 무경자의 해설이 덧붙여지자 상당한 효과를 발휘했다.

"지금은 저렇게 뒤로 피했지만 하체와 안력을 제대로 수련했다면 철판교의 수를 취한 뒤 바로 반격의 실마리를 잡을 수 있는 상황이었다."

"오오! 그렇군요!"

"나라면 저기서……."

두 무인의 싸움이 열기를 띨수록 점창파 제자들도 열기를 띠어갔다.

눈앞에서는 생사가 오가고 그것을 눈과 귀로 잡아내어 자기 것으로 만들어 나갔다.

향상심과 호기심, 나이에 걸맞은 모습을 보이는 제자들을 보며 무경자는 흐뭇하게 웃고 있었는데 역시나 단사천만은 제일 앞줄이 아닌 무경자의 뒤에 서 있었다.

"질리지도 않고 잘도 하네요."

무경자의 어깨너머로 보이는 풍경을 단사천은 그렇게 평했다.

다른 제자들과 달리 무경자의 뒤에 서 있는 이유는 하나였다. 그 편이 안전하다는 이유에서였다.

확실히 이런 노상 비무에서 가장 앞줄은 눈먼 병장기나 내력의 파편에 휘말리기 쉽기에 위험하기는 했지만, 그런 것을 두려워해서는 무인이라 할 수 없었다.

오히려 보다 수준 높은 비무라면 목숨을 걸고서라도 눈에 담으려 할 것이다.

"자, 슬슬 움직일 시간이다. 이제 곧 시작하겠구나."

그런 단사천의 모습을 못마땅하게 보던 무경자는 조금 길어진 그림자를 보고 말했다.

이제 곧 있으면 예선전이 치러진다. 본선에 비하면 사람도 적고 여유도 넉넉한 편이지만 그래도 앞자리는 상당히 경쟁이 치열했다.

물론 점창의 이름으로 예약된 자리가 있기는 하지만 겨우 다섯뿐이었기에 그들도 어느 정도 서둘러 자리를 잡을 필요가 있었다.

어린 제자들은 눈앞에서 벌어진 구경거리에서 눈을 떼지

못했지만 뒤이어 이어진 불호령에 이내 눈을 떼고 발걸음을 옮겼다.

*　　*　　*

"으, 윽……."

등에서부터 피어오르는 둔탁한 통증이 억지로 정신을 깨웠다. 덮고 있는 부드러운 비단 이불조차 무겁게 느껴질 정도로 몸에 힘이 없었다.

태어나서 처음으로 느끼는 압도적인 탈력감에 당장에라도 정신을 놓아버리고 싶었지만 묘하게 코에 거슬리는 약향과 등에서부터 올라오는 통증 탓에 그럴 수도 없었다.

"아가씨! 정신이 드십니까?"

시야 바깥에서 얼굴을 들이밀어 오는 호위무사는 본인도 상당한 중상임이 겉으로도 보일 정도였는데 오히려 그녀를 걱정하고 있었다.

"여기는?"

"청혈방의 내원입니다. 몸 상태는 좀 어떠십니까?"

"등이 좀 아픈 것 빼면 괜찮아."

탈력감을 무시하고 몸을 일으킨 뒤 가볍게 내공을 일주시켜 몸 상태를 확인했다.

격전으로 혈도가 상하고 내공이 바닥을 보이고 있었지만 신체적인 부분에는 큰 손상이 없었다.

등의 둔통도 타박상에 지나지 않고 자상도 이미 치료가 끝나 있었다. 체력과 내공만 회복한다면 정상이나 다를 바 없었다.

몸이 멀쩡한 걸 확인했으니 이번엔 사람들을 확인할 차례였다.

"생존자는 얼마나 되지?"

"총원 여순여섯 명 중 마흔다섯 명이 죽었고 나머지 스물한 명도 전원 중상입니다."

궤멸이다.

대체 누가 그런 짓을 했을까 짐작하기 힘들었다. 딱히 은원으로 엮인 곳이 없어서 그러는 것이 아니라 의심할 곳이 너무 많았기 때문이다.

"흉수들의 흔적은 좀 찾았나?"

그렇지만 손을 놓고 있을 수는 없었다.

사파란 힘과 공포로 군림하는 곳이다. 당하고 가만히 있어서는 그간 쌓아온 것들이 순식간에 무너져 내린다는 것을 그 중심에서 태어나 자라온 무설은 잘 알고 있었다.

"그것이……."

호위무사의 말에서 처음으로 망설임이 보였다.

"말해. 누구야?"

누가 되었든 어차피 복수는 이뤄져야 한다. 숨긴다고 능사가 아니었다.

"백귀곡……."

"그 돈에 미친놈들?"

백귀곡은 청부업자이다.

살수들처럼 은밀한 것이 아니고 낭인들처럼 다른 문파에 고용되어 싸우는 것이 업이다.

사파로 분류되어 나름의 실력과 세력이 있기는 하지만 패천방에 비할 바는 아니었다.

게다가 원한이라면 어느 정도 있지만 멸문을 각오할 정도는 아니었다. 하지만 호위무사의 말은 그걸로 끝난 게 아니었다.

"참중방, 무곡문, 중산문……."

그리고 다섯 개의 문파 이름이 더 나온 다음에야 끝났다.

"현재 파악된 것만 그 아홉입니다."

"연합?"

"아마도 그런 것 같습니다."

그 아홉 문파는 좋게 쳐줘야 중소 문파이다. 아홉 전부가 뭉친다고 해도 패천방에 비하면 절반이나 될 크기.

거기까지는 괜찮았다.

아무래도 이해할 수 없는 부분이 있었다.

"그 쾌검을 쓰던 녀석은?"

이번 여행에 함께 따라온 패천방의 무사들은 평무사마저도 모두가 엄선한 무인이다.

중원 어디에 내놔도 무시받을 만한 실력은 아니었다.

그런 무인을 일격에 베어 넘기는 자가 흔할 리 없었다. 또한 그런 무인이 아홉 문파와 같은 소규모 문파에 소속되어 있다고도 생각하기 힘들었다. 분명 무엇인가가 더 있었다.

"쾌검이라면 어느 쪽 말씀이십니까?"

그런데 호위무사는 답이 아니라 질문을 했다.

"뭐?"

"저희를 습격한 자와 점창의 도사 중에 누구를 말씀하신 건지……."

거기까지 듣고 깨달았다.

"점창… 도사?"

그러고 보니 분명 적들의 시선을 돌리기 위해 점창의 도사를 이용했다.

당시에는 다급해서 미처 생각하지 못했지만 이건 대문파 간의 알력 싸움이 될 수도 있는 상황이었다.

"그 도사 녀석은 어떻게 됐어? 다쳤나? 많이 다쳤어? 아니면 설마 죽기라도?"

당연한 물음이었지만 호위무사의 얼굴이 묘하게 일그러졌다.

난감함이다.

'왜?'라는 물음을 내뱉기도 전에 기절하기 직전의 순간이 떠올랐다.

도사를 뛰어넘는 순간 다리가 끌려가고 그대로 등으로 낙법도 없이 땅에 떨어진 순간. 마지막으로 보인 것은 의욕 없는 눈을 한 도사의 모습이었다.

"잠깐, 나 그 자식 때문에 기절한 거였어?"

순간 열이 뻗쳤지만 이내 마음을 다잡았다. 따지고 보면 처음부터 잘못한 것은 이쪽이다.

그저 당시 상황이 너무 급박해 다른 것을 생각할 여유가 없었을 뿐.

그 점창파의 도사를 만난다면 먼저 머리를 숙여 용서를 구해야 하는 상황이었다.

"후우, 그 도사는 어떻게 됐지?"

곧 호위무사가 설명을 시작했고, 그 내용을 듣던 그녀는 점점 안색이 창백해졌다.

평무사들은 일격에 살해당하고 장로마저도 고전을 면치 못한 상대와 정면에서 겨룬 고수를 미끼로 쓸 생각을 했다는 것에 잘도 살아 있다고 스스로 생각했다.

아마 정파가 아니라 사파 출신이었다면 그 자리에서 베였어도 할 말이 없었다.

"놈들의 우두머리를 상대하느라 확인은 못했습니다만 그 도사는 싸움이 벌어지고 얼마 지나지 않아 사라졌습니다."

말을 마친 호위무사는 암울한 기색을 숨기지 못했다. 정체불명의 고수와 원한관계의 문파들이 맺은 연합도 문제지만 그것들은 얼마든지 처리가 가능했다.

어디까지나 군소 문파의 연합체는 패천방의 힘으로 제압할 수 있었다.

또한 그 흑의 괴인 정도의 고수는 패천방에도 드물지만 없는 것도 아니다.

하지만 그와 같이 엮인 점창파는 달랐다.

점창파는 거대 문파이다. 그것도 천하에서 열 손가락 안에 꼽히는 초거대 문파이다.

패천방이 아무리 강하다지만 구파일방의 한 축과 싸운다면 명백한 승리를 자신할 수 없었다.

소속된 무사의 수는 패천방이 몇 배나 많겠지만 고수의 숫자가 확연히 차이가 날 것이 분명했으며, 점창파에는 가세할 무수한 속가 문파들이 있었다.

더군다나 점창이 위치한 운남성과 패천방이 위치한 복건성은 그리 멀지도 않았다. 잘못하면 본거지가 완전히 박살 날

수도 있었다.

"그럼 현재 행방은 모른다는 거지?"

한숨 섞인 무설의 말에 호위무사는 더욱 고개를 숙이며 답했다.

"죄송합니다."

"됐어. 책망하는 게 아니야. 지금은 전부 병상에 누워 있으니 쓸 수 있는 인력도 없고 갑자기 찾아와 도움을 받는 입장에서 그런 것까지 부탁할 수는 없었을 테니까. 오히려 생각 이상으로 잘해줬어."

갑작스런 습격과 압도적인 적의 존재는 어쩔 수 없는 것이었다.

거기에 점창파와 얽힌 것은 어디까지나 그녀의 잘못이었다. 그런 걸로 아랫사람을 탓하지는 않았다.

다만 그렇다고 해도 최대한 빠르게 무마시켜야 하는 일이었다. 당장에라도 움직여야 했다.

"내 잘못이니 내가 직접 움직여야겠지. 그나마 멀쩡한 것도 나밖에 없는 것 같고."

"그, 그렇지만 아가씨께서 직접 움직이시다가 그놈들이 다시 습격이라도 하면……."

타당한 이야기였다. 하지만 어쩔 수 없는 상황이었다.

"됐어. 그보다 본 방에 소식은 알렸지?"

"예. 표국을 써서 편지를 보냈습니다. 그런데 정말 괜찮으시겠습니까?"

"괜찮고 괜찮지 않고의 문제가 아니잖아? 일단 청혈방주를 만나고 올 테니까 쉬도록 해."

수행하려는 호위의 어깨를 눌러 앉힌 뒤 방을 나온 그녀는 지나가는 시비에게 물어 청혈방주를 찾아갔다.

평소라면 청혈방 같은 중소 문파 따위의 방주는 그녀가 있는 곳으로 불러낼 테지만 지금은 은혜를 입고 있는 상황이다. 이 정도 발품은 팔아야 했다.

"몸은 좀 괜찮으십니까?"

"신경 써주신 덕분에 괜찮습니다."

가벼운 인사와 감사를 전하고 약간의 보답을 약속했다. 무설은 어리지만 아버지가 패천방의 방주인 덕분에 이런 일에 익숙했다.

"그럼 그 건은 제가 아버지에게 말씀드리겠습니다."

"잘 부탁드립니다."

가볍게 차 한잔 마실 시간이 지나고 인사치레가 끝났다. 그렇다면 이곳에 온 이유를 꺼낼 시간이었다.

"한 가지 부탁이 있는데, 괜찮으시겠습니까?"

"말씀하시지요."

한창 패천방에 은혜를 입히고 대가를 받아낸다는 것에 들

뜬 청혈방주는 기대를 숨기지 않았다.

또 다른 이권이나 지원을 약속받을 수도 있었으니 당연한 일이었다.

"혹시 점창파의 숙소가 어디인지 알 수 있겠습니까?"

"점창파요?"

점창파의 이름이 나온 순간 청혈방주는 놀라움을 감추지 못했다.

개봉이 점창파가 있는 점창산과는 거의 끝과 끝이라고 할 수 있을 정도로 멀지만 그 위세가 부담스럽지 않은 것은 아니다.

더욱이 강호행을 하는 이대제자 몇 명이면 청혈방 같은 중소 사파는 명패를 내려야 할 정도임을 감안하면 당연한 반응이었다.

"별다른 것은 아니고, 습격에서 일행을 도와준 사람이 점창파의 도사인 것 같아 그렇습니다. 걱정하시는 일은 없을 겁니다."

그제야 청혈방주의 얼굴이 펴졌다. 잠시 자신이 겁먹었다는 것을 감추려는 듯 웃음을 흘리며 청혈방주가 대범한 척 말을 받았다.

"하하하하, 그 정도야 알아봐 드리지요. 방에서 쉬고 계시면 오늘 중으로 알려드리겠습니다."

청혈방주의 언약을 받고 돌아온 무설은 침상에 누워 자신의 발목을 붙잡던 점창파의 도사를 다시 한 번 떠올렸다.

그렇지만 의욕 없는 눈을 제외한 나머지는 기억이 나질 않았다.

그것 하나가 모든 인상을 잡아먹어 결국 얼굴은 기억해 낼 수 없었다.

"보면 기억나겠지. 일단은 좀 쉬자."

* * *

예선전은 준비된 열 개의 작은 비무대 위에서 동시다발적으로 이뤄지고 있었는데 단사천이 포함된 점창파의 일행은 그중 한 비무대의 근처에 자리 잡았다.

"무당의 절극권!"

"상대는 절강의 의왕문에서 나온 백산수!"

본산제자와 속가제자를 가리지 않고 소란스러운 와중에도 역시 단사천만큼은 다른 제자들보다 한 걸음 물러난 자리에서 얇게 썬 갈근을 씹고 있었다.

"오오! 저걸 받아넘기다니 과연!"

"백산수의 공격도 대단했어. 나라면 어떻게 막았을지 엄두가 안 나는데."

비무대 위에서 화려하게 펼쳐지는 두 무인의 초근접 박투에 구경꾼들이 환호하고 있을 때도 단사천은 입안에서 피어나는 갈근의 쓴맛 사이에서 단맛을 찾아내는 데 집중하고 있었다.

물론 그러면서도 시선은 비무대에 놓고 기감을 활성화해 주변을 경계하는 것을 잊지 않았다.

안 그래도 방금 전 비무대의 일부가 깨지며 날아든 파편에 다칠 뻔했다. 무광검도를 익히며 단련한 동체시력과 반사신경이 아니었다면 분명 반응하기 힘들었을 불의의 습격이었다.

그렇게 단사천은 기감을 퍼뜨려 기감이 닿는 범위 내에서 일어나는 온갖 반응을 놓치지 않고 포착하는 것으로, 본인도 모르는 사이에 무광검도의 다음 단계를 밟아나갔다.

그때 단사천의 감각에 익숙한 기가 포착됐다.

"그때 그거랑 비슷한 기?"

본의는 아니지만 직접 검까지 나눴다. 기억하지 못할 리가 없었다.

다만 그때 그자와 같은 기가 아닌 비슷한 기였다. 전반적으로 비슷하긴 했지만 확연한 차이가 있었다. 크기도 그렇지만 무엇보다 기의 흉포함이 달랐다. 검을 나눈 괴인과 비교하기에는 너무 미약했다.

"아, 사라졌다."

기감이 감지 가능한 범위 바깥으로 사라진 탓에 놓쳐 버렸지만 그 이상은 생각하지 않기로 했다. 상당히 먼 거리에서 움직이다가 이내 바깥으로 빠져나갔으니 위험으로 연결되지는 않으리라는 계산에서였다.

이후로는 가끔 올라오는 동문 본산제자들의 응원에 의욕 없이 참가하거나 기감을 퍼뜨려 온갖 사건사고로부터 멀어지는 일의 반복이었다.

또래의 다른 제자들은 비무 구경으로 충실한 시간을 보내고 단사천은 위험 회피의 기술을 갈고닦으며 충실히 시간을 보냈다.

가끔 날아드는 비무대의 파편이나 비무용으로 만들어진 목재 무기들의 파편을 피하는 것을 제외하면 별다른 일 없이 시간은 흘러갔다.

비무대회는 상당히 늦은 시간까지도 계속되었다. 이미 한 번 걸러냈다고는 하지만 천하 각지에서 모여든 사람들이다. 숫자가 적을 리가 없었고 일정은 그리 넉넉하지 않았으니 당연하다면 당연한 이야기다.

해가 지고 나서는 화톳불 수십 개를 밝혀가며 계속해서 비무를 이어나갔다.

"우리 제자들의 오늘 출전은 이제 이번 차례가 마지막인가?"

"예, 삼대제자인 운효가 마지막입니다."

마침 운효가 비무대 위에 올라오는 것을 확인한 무경자는 슬슬 피곤이 쌓인 제자들에게 자리를 정리할 것을 명했다. 덕분에 주변 분위기가 약간 어수선해지기는 했지만 비무대에 오른 점창파의 문도는 제법 깔끔하게 비무를 끝마쳤다.

권각술을 수련한 무인을 상대로 거리를 유지하며 시종일관 유리한 위치에서 공세를 유지해 나간 끝에 승리를 얻어내는 모습은 교범에 나올 정도로 깨끗한 전법이었다.

"이걸로 끝이군."

"곧바로 돌아가십니까?"

"음, 나는 이만 돌아가서 일성 녀석 무공을 봐줘야 하니까 말이지."

"다른 제자들은 어떻게 할까요?"

"비무의 견학은 충분하니 자유 시간이라도 주게. 시간은… 술시 말까지로 하지."

"예, 그럼 들어가십시오. 뒤처리는 제가 하겠습니다."

무경자와 일성이 먼저 자리를 떠나고 뒤이어 어린 제자들도 삼삼오오 사방으로 흩어졌다. 몇몇은 주변 비무대에 자리 잡고 이어질 비무를 구경하기도 했지만 대부분은 개봉의 야시장으로 발을 옮겼다.

무인에 도인이라고는 하지만 아직 어렸다. 십수 년을 산속에서 섭식으로 몸을 만들어왔다. 당연히 주머니에 돈이 있고 먹음직스런 음식이 눈앞에 돌아다닌다면 결과는 누구나 예상할 수 있었다.

청산자는 그렇게 흩어진 제자들에게 몇 가지 주의를 준 뒤 숙소로 발을 옮기던 도중 뒤에 따라붙은 한 제자를 발견했다.

"그런데 너는 놀러 가지 않는 것이냐?"

'무양자 사숙의 제자인 단가의 오대독자 단사천이던가.'

그에 대한 소문은 청산자도 귀가 따갑게 들었다.

아이답지 않은 성격이나 행동, 건강 강박증에 대한 일화는 매일 똑같은 일상의 산중에서 나름 재미있는 이야깃거리였다.

"저런 기름 뚝뚝 떨어지는 불량 식품을 먹고 싶은 마음은 없어서요."

"허허, 그러냐?"

산중 생활이 길어지면 이런 도시에서 만들어지는 기름진 음식들을 먹지 못하는 경우도 생긴다.

더 정확히는 먹고 나면 탈이 나서 다시 먹을 엄두가 나지 않는다는 게 맞지만 그런 경우는 보통 산중 생활이 수십 년 단위로 이루어진 경우에나 그렇다.

단사천처럼 어린 경우에는 맛과 향에 이끌려 가는 것이 보통이었다.

"하면 이대로 객잔으로 돌아갈 테냐?"

"예."

확실히 아이답지 않은 아이라고 생각했지만 그뿐이다. 이런 사람이 있으면 저런 사람도 있는 법.

나름 강호를 돌아다니며 경험을 쌓은 청산자는 온갖 특이한 사람을 만나봐 왔다. 단사천 정도라면 특이할 것도 없는 수준이었다.

그 뒤로는 별다른 대화 없이 객잔까지 걸었다.

다만 그러다 단사천의 몸가짐이 눈에 띈 청산자는 단사천을 관찰하며 감탄했다.

'무게중심도 잘 잡혀 있고 보폭도 일정하군. 과연 무양자 사숙께서 물건을 하나 만드셨어.'

내공의 수위나 무공의 숙련 정도를 확인하지는 못했지만 그것으로도 어느 정도 실력을 가늠하기에는 충분했다.

얼핏 보인 손은 굳은살로 가득했고, 옷에 가려 잘 보이지는 않지만 육신 또한 나이에 걸맞지 않은 단련으로 만들어진 하나의 작품이었다.

거기에 더해 저 성숙한 정신 상태까지!

'속가제자라는 것이 아쉽군. 본산제자라면 상당한 고수로 키울 수 있었을 텐데.'

지극히 당연한 생각이었다.

대체 어느 누가 약관의 나이, 그것도 속가제자가 장문제자 이상의 내공을 몸에 쌓고 장로가 몇 대에 걸쳐 다듬은 상승 무공을 익히고 있다고 생각할까?

또한 그 상승 무공마저 어느 정도 경지에 다다른 무인이라고는 더더욱 생각하기 힘들었다.

청산자의 상식 탓만은 아니었다. 단사천이 익힌 것들은 하나같이 겉으로 티가 나지 않는 것들이었다.

호체보신결은 다른 내가기공을 배우기에 앞서 토대를 닦는 역할로써 익히는 것이 보통인 공부였고, 무광검도는 역사가 짧은 것도 있지만 애초에 남이 파악하기 힘든 무공이었다.

"음?"

청산자의 상념은 객잔 앞에 서 있는 인영에 의해 끊겼다.

화려한 비단옷을 걸친 묘령의 여인이다. 틀어 올린 머리는 달빛을 받아 은은하게 반짝였고 옷 너머로도 알 수 있는 신체의 윤곽은 유려했다.

거리와 어둠 탓에 잘 보이지는 않았지만 새하얀 피부와 대비되는 붉은 입술도 고혹적인 분위기를 풍겼다. 청산자의 관찰은 거기까지였다.

객잔 앞에서 서성이는 모습은 누군가를 기다리는 것 같았고, 그 대상이 될 만한 사람은 청산자가 아는 한 딱히 없었다.

즉 전혀 관련 없는 사람이었으니 그 이상의 관심을 끊어낸 것이다.

다만 거리가 가까워지고 나자 상대의 반응은 청산자의 예상을 벗어났다.

"아! 소협!"

청산자와 그 옆을 걷는 단사천을 발견한 그 여성이 상당히 빠른 걸음으로 둘을 향해 달려오며 외쳤다.

소협이라는 말에 청산자의 시선이 단사천에게 돌아간 것은 당연했다.

"아는 사람이더냐?"

"…개봉에는 아는 사람이 없습니다만."

슬쩍 떠보는 질문이었지만 단사천으로서는 의아할 수밖에 없었다.

본가는 북경에 있고 외가도 북경의 명문가이다. 개봉에는 아는 사람이 단 하나도 없었다. 더군다나 저 얼굴은 아예 처음 본다.

내공이 깊어지다 보니 어둠 속에서도 대낮처럼 보이는 정도는 아니지만 그래도 어느 정도 불편함 없이 볼 수 있는 정도이다. 그런데 처음 보는 얼굴이다.

"감사 인사를 전하기 위해 기다리고 있었습니다. 어제는 정말 감사했습니다. 소협이 아니었다면 분명 큰일을 당했을 겁니다."

외모만큼이나 청아한 목소리는 순간적으로 청산자마저 잠시 넋을 빼놓을 정도였지만 단사천은 눈살을 찌푸렸다.

"어제라면… 아, 그 바닥에 처박……."

"오호호호호호! 제가 감사 인사를 좀 하고 싶은데 어디 조용한 곳으로 가지 않으시겠습니까?"

단사천이 무언가 생각난 듯 뭐라 말하려 할 때, 무설이 말을 중간에 끊으며 청산자와 단사천 사이로 끼어들어 왔다.

청산자는 순식간에 이뤄진 일련의 대화와 행동에 멍하니 바라보고 있던 데다 딱히 별다른 살기나 적의도 없이 이뤄진 탓에 반응하지 못했다.

"잠시 소협을 빌려가도 괜찮을까요?"

생긋 웃는 얼굴은 그 자체로 하나의 무기였다. 남성이라면 얼굴을 붉힐 수밖에 없게 만드는 마력이 담겨 있었다.

도사로서 수행을 쌓은 청산자조차 잠시 얼굴을 붉히고 무의식적으로 고개를 끄덕일 뻔했지만 이내 정신을 다잡고 단사천에게 눈길을 돌렸다.

그제야 보인 단사천은 상당한 귀찮음과 꺼림이 섞인 얼굴이다. 딱히 좋은 인연 같지는 않아 보였다.

"소저는 이 아이와 어찌 알게 되었나?"

다만 그렇다고 해도 은혜를 주고받은 관계라면 일방적으로 쫓아낼 수도 없었다.

예의가 아닌 까닭이다. 그렇기에 일단 관계의 확인이 우선이었다.

"소개가 늦었습니다. 저는 패천방주 파철검군(破鐵劍君) 무중극(霧中極)의 딸 무설이라 합니다."

패천방은 사파로 분류되는 문파이다. 하지만 그렇다고 민초들을 좀먹는 문파는 아니었고, 굳이 따지자면 정사 중간에서 사도로 기울어진 수준이라고 보면 되었다.

선은 넘지 않았고 어느 정도 도리와 말도 통하는 곳으로 상당한 성세를 유지하고 있기에 본거지인 복건성을 넘어 운남성까지도 이름이 알려진 곳이었다.

더욱이 무설이라 이름을 밝힌 소저의 신분이 방주의 딸이다. 그런데 습격? 조금 의심쩍은 이야기였지만 티를 내지는 않았다.

"어제 저와 제 일행이 괴한들의 습격을 받았을 때 도와주셨습니다. 덕분에 간신히 목숨을 구했습니다."

감동한 소녀와 같은 몸짓에도 옆에 서 있던 단사천은 못마땅한 얼굴로 말을 덧붙일 뿐이었다.

"예, 그렇긴 했죠. 본의는 아니었지만요."

"호호호, 겸손해하실 필요 없습니다."

뒤편에 뭔가 의도를 숨기고 있는 것 같기는 했지만 적어도 적의는 느껴지지 않았다. 그보다는 오히려 어딘가 익숙한 느낌이 드는 상황이다.

'인연을 만들기 위한 접대인가? 하긴 단가의 독자라는 걸 알았다면 그럴 수도 있겠지.'

청산자도 점창파라는 대문파에 소속되어 있다 보니 이런저런 청탁을 많이 받아왔다.

개중에는 노골적인 뇌물에 가까운 것들도 있었지만 단순히 우호적인 관계를 만들기 위해 자리를 마련하는 경우도 많았다.

그것 말고도 단사천 개인에 대한 호의도 섞여 있는 듯했다. 굳이 따지자면 남녀 사이의 이야기.

본산제자와 관련되거나 문파와 문파 간의 이야기가 된다면 선을 긋고 대처하겠지만 단사천은 어디까지나 속가제자였다. 이런 시시콜콜한 개인사까지 개입할 정도는 아니었다.

'이런 경험도 해보는 편이 좋겠지. 위험도 없어 보이고.'

천하대전과 군웅대회가 열리는 개봉만큼 소란스러우면서도 나름의 치안과 안전이 확립된 곳도 드물었다.

더군다나 패천방 같은 규모 있는 문파라면 수행원도 있을 터, 위험할 일은 없다고 봐도 좋았다.

"그럼 술시 말까지는 돌려보내 주시게."

"예?"

"알겠습니다. 그럼 가시죠."

"자, 잠깐!"

도망치지 못하게 팔을 완전히 봉쇄당한 단사천은 그렇게 개봉의 밤거리로 사라졌다.

四. 무실

개봉, 인근에서 나름 유명한 객잔의 삼 층에는 많지 않은 숫자의 사람들이 있었다.

모두가 겉으로도 상당히 부유해 보이는 사람들이었지만 그 중에 유일하게 주변과는 다른 사람이 있었다. 바로 단사천이었다.

그는 경계심 섞인 눈초리로 음식 하나하나를 뒤적이며 살펴보기만 할 뿐 먹지 않고 있었다. 때때로 희귀한 재료가 젓가락에 스칠 때마다 흠칫 몸을 떨기도 했다.

본가에 있을 때도 그랬지만 점창산에 있을 때도 이렇게 기릅이나 고기를 아낌없이 사용한 음식을 보지 못했다.

"음식이 입에 맞지 않으시나요?"

무설이 그 모습을 보고 예의상 물었다.

사실 지금 앞에 펼쳐진 것들은 자신조차 쉽게 먹기 힘든 고급 요리였다. 거기에 숙수의 기합이 제대로 들어간 터라 겉보기와 냄새만으로도 이미 완성된 요리였기에 당장에라도 조신한 척을 그만두고 집어 먹고 싶을 정도이다.

그런데 그런 음식을 앞에 두고 입에 넣지 않는 것은 경계 때문일 것이라고 무설은 짐작했다.

하지만 단사천은 진짜로 입에 맞지 않았다.

태어나서 이십 년, 건강식과 생식으로 식단을 조절해 온 단사천의 입맛에 이런 고급 재료와 향료 따위를 듬뿍 사용해 맛을 낸 것들은 진하다 못해 독할 정도였다.

"예. 그러니까 이제 돌아가도 괜찮을까요?"

그나마 맛이 연한 두부와 데친 야채만 몇 가지 먹은 단사천으로서는 이 자리가 거북스러웠다. 건강을 망치는 것은 둘째치고 바로 앞에서 웃고 있는 저 이상한 여자 때문에 신변에 위협을 느꼈기 때문이다.

뭐랄까, 말로 형용하기는 어렵지만 사냥감의 빈틈을 노리고 있는 여우, 아니, 그런 귀여운 것보다는 늑대나 표범 같은 느낌이 들었다. 그리고 신체의 보전이라는 좁은 의미에서 단사천의 감은 무시무시한 적중률을 자랑했다.

"그런… 어제의 일은 실례가 많았습니다. 그 일에 대해 사죄를 드리고 싶습니다만 소녀가 어떻게 해야 하는지 알려주시겠습니까?"

상대는 놓아줄 생각이 없는 것 같았다. 상당히 무례한 직설적인 거절에도 무설은 사람을 긴장시키는 웃는 얼굴을 풀지 않았고, 거기에 상처 입은 소녀 같은 몸짓까지 더해왔다.

단사천의 직감이 경종을 울렸다.

'이 여자와 엮이면 분명 위험해질 것이다!'

점차 다가오는 위협에 단사천은 집안 대대로 내려온 위장병이라는 것을 태어나 처음 경험하기 직전까지 이르렀다.

"정말 신경 안 씁니다. 그러니까 그냥 가면 안 됩니까?"

단사천은 몰랐다. 이런 완전한 적대와 거절이 오히려 무설에게 하나의 도전으로 받아들여지고 있다는 것을, 또한 그녀의 고집을 발동시켰다는 것을.

손꼽히는 미녀이자 패천방의 공녀로서 이런 노골적인 푸대접을 받아본 적이 없는 그녀였다.

"그럼 선물이라도 받지 않으시겠습니까? 이대로 그냥 보내기에는 너무 죄송해서요."

주위 사람들은 이미 단사천과 무설을 '여자 등골이나 빨아먹는 놈'과 '남자 잘못 만난 순정녀' 정도로 바라보고 있었다.

그렇기에 단사천은 당장에라도 이 상황에서 벗어나고 싶었고, 상대가 끝을 낼 의향을 내보이자 바로 미끼를 덥석 물었다.

"정 그러시다면 받겠습니다."

이윽고 뒤에 서 있던 건장한 남성이 꺼내 든 것은 목함이었다. 크기에 비해 그다지 무게가 느껴지지는 않았기에 돈은 아니라고 생각되었다. 일단 무엇이든 간에 값나가는 것은 분명했다. 사내의 행동에 조심성이 가득했으니 말이다.

"열어보시겠습니까?"

몰래 준비한 생일 선물처럼 웃는 얼굴 뒤에 자부심과 기대감을 한껏 담고 있다. 그 표정은 마치 '네가 이걸 받고도 날 무시할 수 있을까' 하는 것 같았지만 일단 무설은 웃을 뿐 아무 말도 하지 않았다.

"예에……."

단사천은 내키지 않는 손을 움직여 목함에 걸쳐진 걸쇠를 풀고 뚜껑을 열었다.

안에서 모습을 드러낸 것은 눈처럼 새하얀 검신을 지닌 검이었다.

길이는 삼 척(90㎝)에 약간 못 미치고 검 폭은 이 촌(6㎝)에서 조금 모자랐다.

실전용이라고 말하기에는 너무 약하고 무를 것 같은 느낌과 반대로 당장에라도 베일 것 같은 예기와 한기가 서려 있다.

"빙백검(氷白劍)입니다. 북해에서 나는 한철로 만들어서 겉보기와 달리 꽤 무겁습니다만 소협 정도 되는 분이라면 크게 문제는 없을 겁니다."

자부심 어린 말이고 근거도 있었다.

한철은 같은 무게의 금과도 바꿀 수 있었다. 게다가 연단하기도 어려워 이렇게 검으로 제련하려면 그만한 명공(名工)의 손길도 필요했고 그 과정에서 소요되는 비용도 상당했다.

단사천에게 이런 명품을 보는 눈은 없지만 그래도 값어치에 대한 어림짐작은 가능했다.

"이건 너무 과한 것 같습니다. 그냥 마음만 받겠습니다."

하나를 받으면 하나를 준다. 당연한 이야기이다.

하나를 받고 열을 준다면 그건 무언가 뒤가 있다는 소리다. 아버지인 단리명은 청백리이지만 그렇다고 황궁에서 벌어지는 무수한 암투와 전혀 관련이 없는 사람은 아니었다.

오히려 황제의 총애에 의해 그 중심에서 활약하고 있는 사람이었다.

어린 시절의 기억일 뿐이지만 단사천은 그런 아버지를 보고 자랐다. 이런 것에서 아무것도 읽어내지 못하는 세상 물정 모르는 도사가 아니었다.

"받아주시지 않으면 사과가 되지 못하는데요."

정말로 곤란하다는 듯 몸짓을 이어나가는 모습은 요염하다는 말이 어울렸다. 처음부터 작정하고 나온 붉은 비단 옷은 몸에 비해 약간 작아 몸의 맵시를 여과 없이 드러내고 있었고, 경박해 보이지 않을 정도로 꾸민 장신구는 그것들을 더욱 강조했다.

상당한 고련을 거친 청산자도 잠시 넋을 잃을 정도였지만 여전히 단사천은 목석과 같이 굳은 얼굴을 풀지 않았다.

결국 무설이 단사천을 고자, 혹은 남색가로 오해할 시점에서 계단을 올라오는 인영이 있었다.

"손님, 이곳은 예약하지 않으시면……."

"닥쳐."

말리려는 점소이의 팔을 뿌리치고 삼 층 전체를 훑던 사내의 시선이 무설의 등 뒤에 고정되었다.

그리고 떠오른 것은 명백한 살기였다.

"찾았다."

그리고 보고도 반응할 수 없을 정도로 빠른 손놀림이 이어졌다. 소매를 털어내는 것 같은 가벼운 움직임과 함께 가느다란 우모침(牛毛針)이 쏟아져 나왔다.

유일하게 반응한 것은 단사천이었다.

이 자리의 누구보다 살기와 투기에 민감한 것도 있었지만 무설과 마주 앉았기에 방금 전 들어온 사내의 일거수일투족이 눈에 보였기 때문이다.

'검은……?'

반사적으로 허리춤으로 손을 내렸지만 검은 없다. 이미 끌러서 의자 뒤에 기대놓았다. 이제 와서 손을 뻗기엔 늦는 감이 있었다. 그렇다면 지금 사용할 수 있는 검은 하나뿐이었다.

"빌……."

입을 여는 것과 함께 손을 내뻗어 검을 손에 쥐었다. 그리고 목함의 홈을 따라 검을 뽑아냈다. 무설이 있는 장소를 피해 최단의 선이 아니라 최적의 선을 따라 검을 옮겨갔다.

일격으로 십여 개의 암기를 가르고 그 반발을 무시하고 반동을 거슬러 검을 되돌렸다. 근육이 비명을 지르고 내공을 나르던 혈도가 고통을 호소하지만 멈추면 더욱 큰 상처가 남는다.

이격, 삼격…….

찰나의 순간 행해진 십여 번의 참격은 이윽고 벽이 되었다. 초일류의 검객만이 구사할 수 있다는 검막이었다.

"…립니다."

카카카강!

말이 끝나는 것과 함께 폭음이 이어지고 무수한 금속성이 뒤따랐다.

"네놈은 뭐냐!"

갑작스런 난입에 암기를 던진 사내가 분노한 목소리로 다음 수를 꺼내 들었다. 이번에 꺼내 든 것은 무게감 있는 암기였다. 손바닥보다 조금 커다란 도끼에 가까운 모양새.

방금 전의 것에 비하면 느렸지만 그래도 단사천의 경공보다는 빠르게 암기가 날아왔다.

카앙!

상당히 묵직한 충격이 손을 타고 올라왔다. 우모침 세례조차 닿지 못했는데 이것이 닿을 리 없었다. 다만 다시 준비 자세에 들어간 상대의 손에 잡힌 것에 신경이 쓰였다.

'구슬?'

가장 먼저 떠오르는 것은 독이었다. 백독불침이라는 사부 무양자의 보증이 있었지만 저 독도 저항할 수 있을지는 모르는 일이다. 조심하며 선을 조정했다.

최단의 선을 포기하고 구슬이 아닌 상대의 손을 직접 공략해 들어갔다. 약간 돌아가는 궤적이 그려지지만 여전히 속도는 압도적이다. 상대가 눈치챌 즈음엔 이미 검은 목적지에 도착해 있었다.

"크아악!"

보호대, 혹은 암기를 다루기 위한 도구인지 모를 토시와 보호대를 함께 베어냈다. 그리고 떨어지려는 구슬을 받아내는 걸로 상황은 종료.

"주, 죽어!"

하지만 단사천의 생각대로 끝나지는 않았다.

상대는 검에 당한 오른손의 고통에도 아랑곳 않고 그대로 손을 뻗었다. 비무, 그것도 상대가 사부인 무양자뿐이라는 제한적인 경험이 가지는 고질적인 경험 부족이 여기에서 드러났다. 상대의 손은 가볍게 피했지만 손에 잡고 있던 구슬을 떨어뜨렸다.

퍼엉!

가벼운 충격임에도 불구하고 그대로 구슬의 몸체를 이루던 사기가 깨져 나가고 그 안에서 검붉은 연기가 순식간에 객잔 삼 층 전체를 뒤덮었다.

시야를 가리는 매캐한 연기를 확인하자마자 급하게 소매로 입과 코를 막고 나서야 깨달았다.

'이거 겉만 화려하고 실속은 별로 없네.'

시야마저 가릴 정도로 짙은 독 안개지만 단사천에게는 어떤 영향도 끼치지 못했다.

단순히 영향을 미치지 않는 것이 아니라 내공을 일주시키는 것만으로도 몸 주변에 있는 독기까지 사그라졌다.

기껏해야 시야를 가리는 것이 전부인 독 안개를 보며 무양자가 말한 백독불침이 단순한 칭찬이나 과장이 아니었음을 깨달았다.

부식독이나 광물독같이 내성을 기르는 것이 불가능한 것이 아니라면 독으로 죽을 일은 없다고 봐도 좋은 몸을 단사천을 가지고 있었다.

더 정확히는 신체에 잠복한 약 기운이 알아서 신체와 주변에 가득한 독기를 중화해 나가는 것에 가까웠지만, 어찌 되었든 백독불침이라는 것은 변하지 않았다.

"크흐흐, 귀각 비전의 절형독이다. 고통 속에서 비참하게 죽어라!"

자신의 몸이 여전히 건강하다는 것에 안심하고 혹시 모를 위험을 살피던 단사천의 귓가에 원흉의 목소리가 들려왔다. 주변에서 울려 퍼지는 고통에 찬 신음 소리 사이에서 놈의 발소리를 쫓았다.

점차 원래 단서천이 있던 자리, 즉 무설이 있을 자리로 조금씩 가까워지는 놈의 기척을 확인하고 거리를 쟀다.

일 보, 그리고 한 번의 검격이면 닿을 거리다.

상대가 눈치채지 못하는 사이 이대로 도주할까 하는 생각도 들었지만 주변에서 들리는 신음에 마음을 다잡았다. 여기서 자신이 움직이면 이 상황을 종식시킬 수 있었다.

더군다나 방금까지 대화하던 사람도 있다. 환심을 사기 위한 뇌물이나 다름없는 물건이긴 하지만 빌린 물건도 있다. 결정 후의 행동은 순간이었다.

가볍게 바닥을 밀어내며 거리를 좁히고 검과 목표의 선을 이어갔다.

살과 뼈를 끊는 감촉이 검을 타고 올라오고 이내 사라졌다.

눈을 한 번 깜빡이는 순간, 상황은 끝났다.

"크아아아악!"

지금까지 들은 것 중 가장 큰 비명이 울려 퍼졌다.

바닥에 뒹구는 괴한의 혈도 몇 곳을 짚어 지혈을 하고 제압해 놓은 뒤 내공을 실어 크게 손을 휘저었다.

바람을 일으켜 창문 밖으로 독 안개를 내보내지만 이미 내부에 있던 사람들은 바닥에 나뒹굴고 있었다. 거품을 물고 목과 심장을 쥐어뜯고 있는 사람들이 보이자 당황이 피어난다.

"그래, 해독제!"

하지만 괴한은 통증에 못 이겨 기절한 상태이다. 주변에 있는 찻물을 끼얹어 봐도 일어나지 않았다. 하는 수 없이 품을 뒤져 몇 개의 주머니를 찾아냈지만 무엇이 해독제인지는 알 수 없었다.

이 독 안개를 만들어낸 구슬들이 들어 있던 주머니는 제외해도 다섯 개나 되는 주머니가 남아 있었다. 그 외에도 문제가 있었다.

"양이 부족해."

이 중 하나가 해독제라고 해도 양이 부족했다. 당장 눈에 보이는 피해자만 해도 십여 명인데 각 주머니에 들어 있는 환약이라고는 두어 개가 전부였다.

만일의 사태를 대비해 지니고 있는 중화제도 겨우 두세 번 정도 사용할 분량이다. 모두를 구할 분량은 되지 못했다.

"내공으로 치료를 하려 해도……."

건강을 위해 약간의 의술을 배웠다지만 수박 겉핥기 수준이다. 내공을 통한 요상법은 말할 것도 없었다. 하지 않는 것보다야 낫겠지만 그렇다고 해도 시간에 맞출 수 있을지는 장담할 수 없었다.

일단 주변에 보인 아이와 그 부모로 보이는 가족에게 시간을 벌기 위해 중화제를 사용한 뒤 고민에 빠졌다. 그리고 떠나기 전 사부님으로부터 들은 이야기를 떠올렸다.

"네 피는 그 자체로 하나의 영약이다. 참, 아마 이게 알려지면 넌 살아 있는 영약으로 쫓길지도 모르니까 어디 가서 말하고 다니지는 마라."

사부인 무양자와의 대련에서 피를 봤을 때의 일이다. 치료를 위해 상처에 약을 바르고 지혈을 하던 도중 무양자는 피에 담긴 힘을 알아차리고 그런 말을 했다.

태어나서 단 하루도 보약과 영약에 준하는 것들을 먹지 않은 날이 없었다. 그것도 연단사와 의원 수십 명이 모여 짜낸 계획표에 따라 양과 종류를 조절해 가며 내공과 단련까지 포함해 만든 육신이다. 어지간한 영물의 내단이나 보혈(寶血)보다도 값진 것이 당연했다.

"이거 진짜 대출혈이네."

결단을 위해 필요한 시간도 그리 많지는 않았다. 지금도 누군가는 죽음을 목도하고 있을지 몰랐다.

"아, 아픈 건 싫은데."

투덜거림 정도는 봐주겠지 하는 가벼운 마음으로 눈을 감고 손바닥을 그었다.

흘러내리는 핏물을 보며 빠르게 움직여 쓰러진 사람들의 입안으로 흘려 넣었다.

작업을 마치고 사람들의 상태를 관찰했다. 혹시 모를 상황에 대비해 미숙하나마 내공을 통한 치료도 생각했지만 그럴 필요는 없었다.

시간이 지남에 따라 점차 발작이 줄어들고 목과 가슴을 쥐어뜯던 손도 멈췄다. 이내 숨이 바르게 돌아오고 안색이 평온을 되찾았다.

성공이었다.

“그럼 시끄러워지기 전에 돌아가 볼까.”

다만 떠나기 전, 손에 든 검에 대해 고민했다.

마음 같아서는 놓고 가고 싶었지만 이런 상황이다. 분실했다가 이쪽의 책임이 되는 것은 사양이다. 일단 가지고 돌아가되 나중에 다시 가져다 주면 되겠지 하는 결론에 다다르고 이내 발을 돌려 숙소로 향했다.

숙소에 도착한 단사천을 반긴 것은 청산자의 짓궂은 웃음이었다.

* * *

“아가씨, 정신이 드십니까?”

시야 바깥에서 얼굴을 들이밀어 오는 호위무사의 모습에 묘한 기시감이 느껴진다.

“여기는?”

그것 말고도 덮고 있는 이불이라거나 천장에서부터 스스로가 내뱉은 말까지.

“청혈방의 내원입니다. 몸 상태는 좀 어떠십니까?”

어디선가 보고 들은 것 같은 기억이 들었다. 그렇지만 그런 것에 신경 쓰기보다는 먼저 몸을 살폈다.

기억하는 것은 단사천이라는 점창파의 도사와 이야기하다

가 갑자기 검을 들고 자리를 박찬 그의 뒷모습, 그리고 그 직후 시야를 가득 메운 검은 독연이다.

일단 기억의 정리나 생각은 그만두고 몸 상태부터 살폈다. 혹시라도 몸 안에 독 기운이 남아 있다면 골치 아팠다. 예선 경기에는 나가지 않고 본선 경기로 직행하는 그녀지만 몸 상태가 망가지는 것은 사양이었다. 그래서 시작한 운기는 몸의 이상을 알려왔다.

'뭐지? 내공이 늘었어?'

예상한 내상이 아니라 오히려 내공이 약간이지만 늘어나 있고 거기에 더해 혈도와 신체에도 알 수 없는 힘이 넘쳤다.

독에 당했는데 내공이 늘었다니 있을 수 없는 일이었다. 당시에는 호흡 곤란과 심장이 찢어질 것 같은 고통이 있었다. 그건 애초부터 살상을 목적으로 한 독이었다. 이런 결과물은 있을 수 없었다.

원인은 아마도 단사천. 그 외에는 딱히 떠올릴 수 있는 사람도 없었다.

"설마 뭔가 영약이라도 먹인 건가?"

이어지는 것은 '설마'라는 한 단어이다. 아무리 사람 목숨을 높게 치는 정파 출신의 도사라지만 정도라는 게 있는 법이다. 사람 목숨보다 비싼 것은 얼마든지 존재했다. 그걸 사파 출신인 그녀는 너무나 잘 알았다.

'빙백검에 대한 보상? 아니, 그것보다는 내 배경을 알고 나서 은혜를 베풀었다는 쪽이 좀 더 말이 될 것 같은데?'

나름 한 성을 대표하는 문파의 문주가 사랑하는 무남독녀이다. 은혜를 입히는 게 목표라면 최고의 대상이었다. 더욱이 이미 빚이 있는 상황이라면 더더욱.

"일단 무슨 일이 있던 건지 들어볼까?"

"먼저 사건의 원흉은 저희 패천방이 세를 불릴 무렵 흡수당한 중소 문파 중 하나인 전인문의 문주로, 그자는 현장에서 체포되어 관아로 넘겨졌습니다만 사용된 물건이 인형귀각(人形鬼閣)에서 나온 극독이었던지라 상황이 조금 복잡합니다."

그러고 보면 어렴풋이 떠오르는 기억 중에 '귀각의 절형독'이라는 단어가 있었다.

듣기 전에는 떠올리지 못했지만 그 귀각이 인형귀각이라면 확실히 이야기가 복잡해질 만도 했다.

그들은 청해성에 있는 마교의 종자들이기 때문이다.

"그 미친놈들?"

"예, 그 미친놈들입니다. 어떻게 그 중소 문파의 문주가 연이 닿았는지는 모르겠습니다만 이 시기에 일어났다는 것만으로도 그 의미는 충분합니다."

호위무사가 말하는 대로였다.

중소 문파 아홉의 연합과 이미 흡수된 문파의 전대 문주가 나선 암살까지.

습격 자체는 아무리 패천방이 사파치고는 온건한 행적을 보여 왔다고는 하지만 복건성이라는 땅을 차지하는 동안 쌓인 은원이 있으니 억지로라도 이해할 수 있었다. 하지만 그 뒤에 마교라는 이름이 버티고 있다면 이야기는 달라진다.

"그것도 본 방에 전했나?"

"방금 사람을 보냈습니다."

"그래, 다행이네."

나쁜 방향으로 나아가는 상황에 두통을 느끼며 침상에 다시 누워 천장을 바라보았다.

점차 밀려드는 피로감과 싸우며 생각을 정리하다 떠오른 의문을 입에 담았다.

"어째 그 녀석이랑 만나기만 하면 기절하는 것 같아."

*　　　*　　　*

이날의 아침 식사 시간엔 평소와는 다른 소재로 대화가 이어졌다. 보통이라면 전날 있던 비무나 대전의 우승 후보들에 대한 이야기가 주를 이룰 테지만 이날은 그렇지 않았다.

"어제 창평루에서 일어난 소동 얘기 들었어?"

"아, 그 얘기?"

소문은 하룻밤 사이 개봉 전역으로 퍼졌고, 점창파가 빌린 숙소도 예외는 아니었다.

오히려 문도들은 그 시간대에 밖을 돌아다닌 만큼 거의 모두가 그 이야기를 알고 있었다.

갑작스레 나타난 괴한의 난동으로 인해 창평루 삼 층에 있던 점소이와 손님을 포함한 십여 명이 중태에 빠졌지만 정체를 알 수 없는 협객이 그 자리를 정리하고 모두에게 준영약급의 무언가를 먹여 해독제 대신으로 했다는 이야기였다.

점차 과장되어 가며 조금씩 어긋나가는 이야기가 있기는 했지만 기본적으로는 그런 이야기였다.

"점창파의 도복을 입었다는 것 같은데……."

"그렇지만 그 시간대에 거기 가 있던 사람이 있나?"

"거기다 그 괴한이라는 사람이 전인문주(戰人門主) 암귀(暗鬼)였다는 것 같은데 그 정도 수준을 제압하려면 일성 사형 정도는 되어야 하지 않나? 그런데 장로님들이나 사형은 전부 숙소에 계셨다고……."

"잘못 봤다거나 아니면 근처에서 무림행 도중인 다른 사형들일지도 모르지."

"그럼 여기 왔겠지."

정체를 알 수 없는, 하지만 점창파의 문도라는 협객의 정체에 대해 사람들의 흥미와 관심은 집중되었다. 신비인이라는 것에 사람들의 흥미가 쏠린 것이다.

다만 이후로 그 사건의 당사자를 자처하는 자도 없었고 별다른 사건도 이어지지 않아 곧 흥미는 사그라들었다.

약 사흘간의 예선이 끝나기까지 더 이상의 소란이 없었기에 간간이 이야기가 되기는 했지만 그뿐이었다.

천하대전 본선이 시작되자 언제 그랬냐는 듯 사람들의 관심은 천하대전으로 쏠리기 시작했다.

단사천은 점창파의 다른 제자들과는 다른 자리에 앉아 있었다. 뒤를 돌아보면 윗자리에 무경자가 앉아 있는, 말 그대로 상석, 귀빈석이었다.

주변을 둘러보면 하나같이 무림명숙이라는 네 글자가 어울리는 사람들이 자리를 차지하고 있었다.

십대문(十大門)인 구파일방의 장로들을 비롯해 각 세가나 문파에서 대표로 참여한 자들이 앉는 자리였다.

그런 자리에 단사천이 앉아 있는 이유는 옆에 앉은 무설 때문이었다.

그 일 이후로 단사천을 찾은 무설은 감사라는 명목으로 돌려주려는 검을 받기는커녕 좋은 자리가 있다며 단사천에게 제안을 해온 것이다.

본래 단사천 정도 항렬의 제자에겐 개인행동이 용납되지 않지만 나름 청춘남녀의 일에 관대한 청산자의 깊은 배려 덕에 결국 단사천은 무설에게 이끌려 이 자리에 앉게 된 것이다.

'확실히 좋은 자리이기는 한데…….'

비무대가 한눈에 들어오는 자리다. 약간 멀기는 하지만 안력을 돋우면 그다지 불편할 것도 없는 거리, 거기에 앞에는 호위무사 십여 명이 서 있어서 파편 따위가 날아올 걱정을 할 필요도 없었고 각자의 자리 앞에는 음료와 다과도 놓여 있었다.

그야말로 귀빈석, 수많은 사람들의 선망이 쏟아지는 자리였다.

단사천과는 아무런 관계도 없었지만.

"안 나가도 됩니까? 본선 진출자라면서요."

무설의 옆에 앉은 것만으로도 시선이 따가웠다.

지난 사흘간 거리를 돌아다니며 느낀 것이지만, 무설은 확실히 주변의 시선을 끌어모으는 미인일 뿐만 아니라 그 이상의 무언가가 있었다. 남자라면 한 번쯤 뒤돌아보고 여자들도 한 번씩 시선을 빼앗기는 그런 매력이 있는 무설이었다.

다만 그 옆에서 걷는 단사천에게도 시선이 쏟아진다는 점이 문제였다.

단사천도 한창 나이의 남자인지라 무설 정도의 미녀가 눈이 닿는 곳에 있고 바로 옆에서 어깨를 나란히 하고 걷는다는 사실에 전혀 설레지 않는 것은 아니지만, 명백한 적의와 비웃음 따위의 시선은 그를 불편하게 만들었다.

이제껏 그런 것과는 거리가 멀던 단사천으로서는 설렘 따위보다는 가문의 지병인 위장병이 도질 것 같은 기분을 느낄 수밖에 없었다.

지금도 그런 시선들이 모여들고 있었다. 특히 사파 계열의 무수한 남정네들의 시선은 따갑다 못해 뜨거울 정도였다. 그렇기에 조금이나마 그런 시선을 줄여보고자 던진 말이었지만…….

"제 차례는 내일인데요?"

무슨 소리를 하느냐는 생각이 그대로 얼굴에 드러나자 귀엽기 짝이 없었다. 결국 남정네들의 시선이 더욱 날카로워지는 효과만 있었을 뿐이다.

"아, 예……."

실패로 끝난 단사천의 의도와는 상관없이 이내 비무가 시작되었다.

"천하대전 본선 첫 시합을 장식하는 이는 지난 대회의 우승자 무당의 비검룡(飛劍龍) 조경! 그 상대는 백호맹(百虎盟)의 십검맹호(十劍猛虎) 백리현!"

가벼운 포권과 짧은 대화 뒤 이어지는 것은 화려하기 그지

없는 칼과 칼의 향연이었다.

시작부터 관객들의 환호가 터져 나올 정도로 화려하고 격렬한 비무는 그들의 별호를 증명하는 것 같았다.

장검과 단검, 총 열 자루의 검을 동시다발적으로 사용해 가며 강렬하게 비무를 주도해 가는 백리현과 단 한 자루의 검으로 날렵하게 모든 검을 받아내며 시종일관 여유로운 모습을 보이는 조경에게 맹호와 비룡이라는 별호는 정말로 잘 어울렸다.

"겨우 약관의 나이로 백호맹에서 십대맹호의 한 자리를 차지한 사람답네요. 그리고 상대인 비검룡도 비무에 한해서라면 무당 최고라더니 과연 명불허전이에요."

무설의 감탄은 상세한 무림 지식과 어릴 적부터 배워온 무공이 바탕이 된 것이었기에 단사천으로서는 공감할 수가 없었다.

점창파, 그것도 무양자가 가르친 무광검도와 몇 가지 기공, 보법 따위가 단사천이 아는 무공의 전부이기에 저 비무가 화려함 외에 어떤 의미를 품고 있으며 얼마나 되는 기교가 숨어 있는지 알지 못하는 까닭이다.

"그러네요."

할 말이 없는 단사천은 그렇게 답할 뿐이었다. 그로서는 저런 변초와 기교들을 이해할 수 없었다.

'그냥 한 번 공격해 보고 안 되면 기권하지 뭘 저렇게 간을 보나.'

그저 그런 생각을 씹고 있는 감초와 함께 삼켜 넘길 뿐이었다.

단사천의 성의 없는 대답에 무설은 살짝 고개를 돌려 단사천을 살펴봤다.

두 눈은 비무대에 오른 두 사람을 좇고 있었지만 거기에는 흥미가 없었다. 그저 감초만 질겅질겅 씹어대고 있을 뿐. 거기에서 오해가 생겼다.

'하긴 자기에 비해서 꽤나 수준 낮은 애들 장난일 테니 당연한가?'

실상은 어린아이가 바둑을 깊게 보지 못해 그저 지루한 돌장난이라고 생각하는 것과 다름없었지만, 무설은 아이들이 하는 바둑을 그저 지켜보는 명인이라고 해석했다.

그도 그럴 것이 단사천의 무위는 범상치 않은 것이었기 때문이다.

무설은 동년배 사이에선 상위에 꼽힐 정도의 실력자다. 지금 당장 저 비무대에 올라가 백리현과 겨룬다 해도 사 할 정도의 승률은 점칠 수 있었다.

조경과 비무를 하게 된다면 고작 삼 할 정도나 되겠지만 그것이 그녀가 상당한 실력자라는 것을 부정하는 근거가 되지는 못했다.

그런 그녀조차 단사천의 쾌검을 쫓지 못했다. 본 것이라고는 검의 궤도를 따라 남은 내공과 검초의 흔적뿐.

그렇기에 그녀는 단사천을 상당한 무공광으로 인식했다.

그 경지는 미치지 않고서는 닿을 수 없는 경지였다. 더욱이 단사천과 같은 약관이라는 젊은 나이에 오르기 위해서는 미친 것 이상의 재능과 노력이 필요했다.

더군다나 철저하다 못해 광기가 어린 듯한 자기관리까지 겹치니 결국 그녀의 오해는 당연하다면 당연한 결과로 생긴 것이다.

그것 말고도 그녀의 오해를 부추기는 것은 또 있었다.

이틀 전 그녀는 단사천에게 질문을 했다. 왜 천하대전에 참여하지 않느냐는 것이었다. 많은 사람들이 이름을 알리고 사문의 명예를 위해 천하대전에 참여하기를 원한다.

그럼에도 단사천은 그것에 별 관심이 없어 보였기에 물어본 것이다.

그때의 대답은 그녀의 오해를 불러일으키기에 충분했다.

"다치고 싶지 않는 건 모두 같잖아요?"

별 감흥 없이 그렇게 말한 단사천의 모습은 그때 객잔에서 본 말도 안 되는 쾌검과 겹쳐져 무설을 오해하게 만들었다.

살기와 패기 외에는 느껴지지 않던 그 검은 불살을 기본으로 하는 비무대 위에서는 용납받지 못한다… 그렇게 이해한 무설이었다.

이는 무광검도가 보여준 검형이 정파의 검법이라고 보기 힘들 정도로 살기가 짙었기에 성립될 수 있는 오해였다.

'어쩌면 살기를 죽이려고 점창파에 들어간 걸지도 모르지.'

오해를 바탕으로 그럴듯한 가설이 세워졌다. 명망 있는 가문의 자제가 타고난 살기를 죽이기 위해 도문이나 불문에 들어가 수련을 쌓는 것은 민담에서나 나올 법한 이야기 같지만 의외로 드문 일도 아니었다.

성격을 고치고 버릇을 고치기 위한다는 이유로 자식을 산 속의 절이나 도장에 맡기는 경우는 생각보다 많았다.

그리고 한번 그 방향으로 생각이 나아가니 점차 내용들이 짜 맞춰지기 시작했고, 그렇게 오해는 깊어져만 갔다.

*　　　*　　　*

"대단하다!"

"역시 일성 사형이야."

점창파 제자들의 감탄이 터져 나왔다. 기대하던 일성의 시합인 이유도 있었지만 상상 이상의 검을 직접 보게 된 것이다.

일성이 비무대에 올라오고 다시 내려가기까지 걸린 시간은 반각도 채 되지 않았다. 시합 전 간단히 인사를 한 시간을 제외한다면 잠깐의 공방이 있었을 뿐 실질적인 시간은 그보다 짧았다.

겨우 세 번의 검격, 그것이 끝이었다. 섬룡(閃龍)의 이름에 더없이 어울리는 결과에 모두가 놀란 것이다.

가장 처음 초식으로 상대의 검을 빗겨내고 다음으로 빈틈을 억지로 넓힌다. 그리고 세 번째 마지막 검격으로 목을 손에 넣는다.

상대는 단 한 번의 초식도 제대로 맺지 못했을 정도의 압도적인 속도의 차이로 만들어낸 승리는 점창이 그리는 무인의 모습이었다.

"그런데 저 녀석은 뭔데 저기 있는 거지?"

빛이 있으면 어둠도 있는 법. 누군가 빛나면 그만큼의 그림자도 생기게 마련이다.

일성은 대단하다. 그들도 그걸 안다.

재능도 있지만 그에 안주하지 않고 노력도 게을리 하지 않으며 윗사람에게 공경을, 아랫사람에겐 배려를 할 줄 아는 남자이다. 그렇기에 미워하고 싶어도 미워할 건더기를 찾기가 힘든 사람이었다.

하지만 단사천은 달랐다.

속가제자이면서 장로의 제자, 더욱이 다른 제자들과는 달리 공동 수련이나 문파 내의 잡일에 전혀 참가하지 않으며 오로지 거처에 틀어박혀 있었다.

점창의 속가제자들은 태반이 상당한 부와 권력을 쌓은 집안의 자제들이다.

나름의 규모를 자랑하는 상단의 차남이나 인맥 관리를 목적으로 온 관리의 자제들도 있다. 그런 제자들마저 하고 있는 일을 단사천만은 하지 않았다. 거기에서부터 삐걱거리기 시작한 것이다.

게다가 그것만이 아니었다.

그것보다도 더 큰 것은 다른 제자들과 교류도 없었으며 언제나 또래들의 대화를 멀찍이서 바라본다는 것이었다.

자신은 다르다는 것처럼 마치 높은 곳에서 내려다보는 그 모습이야말로 다른 제자들을 자극하는 가장 큰 문제였다.

"거기에 저 옆에는 뭐야? 웬 여자?"

지금도 그렇다. 단사천의 뒤에 대체 얼마나 큰 사람이 있기에 저렇게 특별대우를 받는 건가 하는 마음이 든 것이다.

그것도 같은 속가제자 주제에 단사천이라는 개인을 인정하는 것이 아닌, 뒷배에 따른 것이라고 무시했다. 결국 시기와 질투가 생겨났다.

"또 대단하신 집안의 힘으로 저런 자리를 받아낸 거겠지. 실력이 안 되니 그렇게라도 해야지. 흥!"

그들도 남부럽지 않은 가문의 자제들이지만 자신들과 단사천을 분리해 냈다.

"노력을 안 하니 그렇게 매일 영약을 먹어가면서도 대회에는 못 나가지."

거기에 찬동해 단사천을 깎아내리는 발언이 이어졌다.

실제를 말하자면 단사천은 이 자리의 누구보다도 땀을 흘리고 노력한 사람이지만 그들의 눈에는 보이지 않았다. 더욱이 보았다고 해도 단체가 아닌 개인으로서 흘린 땀을 그들은 인정할 생각이 없었다. 경험 없는 젊음이 만들어내는 아집이었다.

그래도 공공연히 그런 말을 내뱉을 생각은 없었기에 자신들끼리만 간신히 들릴 정도의 작은 목소리로 말했다.

청산자의 귀에 들어가면 혼나는 건 그들이었으니까. 그리고 그 의도는 주변의 응원에 묻히는 것으로 성공했다.

보기 힘든 미인인 무설과 단란하게 이야기하는 단사천—적어도 그들의 눈에는 그렇게 보였다—에게 그들은 적의를 숨기지 않고 쏘아보았다.

*　　　*　　　*

"음, 오늘은 잘했다."

천하대전 첫 번째 시합.

주최 측에서 만든 대진에 따랐기에 그다지 강하지 않은 상대였지만, 그럼에도 겨우 삼 초로 결정지었다는 점은 매우 고무적인 결과였다. 그렇기에 무경자도 일성을 칭찬한 것이다.

다른 모든 것을 제외하고서라도 일성의 기량은 확실히 진보했다.

"원래는 두 번째에 결정지을 생각이었습니다. 상성은 물론이고 기량도 비교할 수 없는 상대였는데 세 번이나 필요했습니다. 아직 멀었습니다."

다만 돌아온 것은 겸양이나 감사의 말이 아니었다.

오히려 그보다는 자신을 질책하는 말이었다. 그는 결과에 만족하지 못한 것이다.

상대는 분명 본선에 진출한 예순네 명의 무인 가운데 하나. 비록 약체에 속하는 자였다 하더라도 어쨌든 일류의 끄트머리에는 올라섰으니 전 무림으로 놓고 보면 상위 일 할이라고 말할 정도의 무위였음에도 말이다.

누군가 들었다면 욕을 해도 이상할 것 없는 일성의 대답이었지만 무경자는 오히려 만족했다.

"그렇게 생각한다면 어쩔 수 없지. 원래는 첫 승을 축하할 겸 한잔하려 했다만 후원으로 나와라. 진짜 분광검을 보여주마."

끝을 모르는 향상심과 스스로에 대한 채찍질, 관인엄기(寬人嚴己)의 네 글자를 누구보다 잘 실행하고 있는 제자를 위해 무경자는 조금 더 어울리기로 결정했다.

"예!"

이내 후원으로 자리를 옮긴 그들을 보는 시선이 있었다. 객잔의 이 층 난간에 자리 잡은 단사천의 시선이었다.

거의 처음부터 그들의 대화를 듣고 있던 단사천이지만 결국 마지막까지 이해하지 못했다.

무인으로서의 마음가짐이라거나 비무대에 오르는 것 때문이 아니다. 그런 것들은 처음부터 이해할 마음도 없었다. 그저 그런 사람들이 있구나 하고 납득하고 있을 뿐, 자신과는 전혀 다른 세계의 이야기라고 생각했다.

다만 그들의 대화에서 납득조차 할 수 없는 것이 있었을 뿐이다. 향상심이나 관인엄기의 자세는 단사천으로서도 납득할 수 있는 것이었지만, 단 하나…….

"왜 두 번째에 결정을 짓겠다는 거지?"

바로 그 말은 이해되지 않았다.

단사천이 쾌검을 배우는 이유는 단 하나였다. 싸움의 최대한 빠른 종결.

언제 어떤 일이 벌어질지 알 수 없다면 최대한 빠르게 상황을 마무리 짓는다. 그런 마음가짐으로 단사천은 무광검도를 배우고 있었다. 그렇다면 당연히 시작부터 전력으로 상대를 제압하고 상황을 마무리 지으면 된다.

일성의 비무를 볼 때도 그랬다.

옆에 있던 무설은 일성의 삼 연격을 높게 평가했지만 단사천은 그걸 이해할 수 없었다.

물론 기술적인 면에 대해 단사천이 무지한 것일 수도 있었다. 실제로 단사천은 비무를 지켜보며 무설이 해준 해설의 태반을 이해하지 못했으니까.

하지만 일성은 다르다.

점창파다. 그것도 분광검.

무양자가 무광검도에 대해 가르치며 사일검과 함께 몇 번이고 선보인 무공이다.

그걸 온전히 보지 못할 리가 없었다.

상대와 자신을 잇는 하나의 선, 약간 구부러지고 신체에 상당히 무리가 가해지기는 하지만 단 한 번에 끝낼 수 있었다. 그런데 그걸 일부러 세 번에 걸쳐 직선으로 만들어내었다.

대체 왜?

세 번의 검격, 그 결과가 일성에게 있어서의 최선이라는 걸 단사천은 이해할 수 있으면서도 동시에 이해할 수 없었다.

무광(無光)과 분광(分光)의 차이, 그리고 일성과 단사천의 차이가 거기에 있었다.

"뭐 아무래도 상관없지만."

하지만 거기서 끝이다. 일성이라면 향상심을 가지고 그 이상을 노렸을 것이다. 아니, 일성이 아니라도 어느 정도 무공을 갈고닦은 사람이라면 어쩔 수 없이 발이 붙들리게 되는 것이 있다.

더 높은 곳으로 오르고 싶다는 열망과 더욱 강해지고 싶다는 열망!

그것들은 산속에서 수행하는 도사나 중들도 벗어날 수 없는 무공의 시작이자 전부라고 해도 좋을 부분이지만 단사천과는 관계가 없었다.

오로지 안전.

싸움을 그치게 하기에 무(武), 가장 처음 무공이 만들어졌을 때 무공에 담겨진 그 뜻만이 단사천에게 있어서 무공이었다.

높은 경지도, 강한 힘도 의미 없는 싸움을 멎게 하기 위한 수단일 뿐이었다. 그렇기에 단사천은 일성을 이해할 수 없었다.

"오늘은 그 소저도 없으니 숙면할 수 있겠군."

잠시 뇌리를 지배하던 의문을 곧바로 떨쳐내곤 개봉에 와서 만난 이십 년 생애 최악의 인연에 대해 생각했다.

사흘 내내 옆자리에 있었고, 분명 내일 있을 비무가 없었다면 아마 지금도 옆에 붙어 있을 무설이 지금은 옆에 없었다.

비무를 준비한다는 이유였고, 덕분에 단사천은 무설과 엮이고 처음으로 조용한 곳에서 유유자적 약차를 마실 수 있었다.

五. 음모

천하대전이라는 소란의 뒤편에는 군웅대회라는 문파들의 회의가 있었다.

본래는 그 둘의 관계가 반대였지만 점차 천하대전이 세간의 이목을 모아감에 따라 관계는 역전되어 갔다.

물론 그럼에도 여전히 군웅대회가 가지는 상징성이나 중요성은 변함없었지만 적어도 이목은 군웅대회가 아니라 천하대전에 집중되어 있었다.

천하대전이 화려하기도 하지만 그것 이상으로 군웅대회는 구경꾼들이 볼 수 없는 곳에서 진행되기 때문이었다.

천하대전을 목적으로 움직이는 자들과 달리 눈에 띄지 않게 모이고 이목이 집중되기 전에 흩어졌다.

거창한 행사가 있는 것도 아닌 단순한 회의였고, 참가 자격도 언제부터인가 점차 높아져 일반적으로는 관람도 불가능한데다가 언제나 다뤄지는 주제는 단 하나에 지나지 않으니 당연히 점차 관심이 흩어질 수밖에 없었다.

다만 참가자의 면면은 화려하기 그지없었다. 그들이 대표해야 하는 문파를 생각해 보면 당연한 이야기다.

무수한 문파들 사이에서도 '대'라는 한 글자가 붙는 문파는 적었다.

온 천하에서 이견 없이 대문파라 인정받는 것은 총 스물아홉 개의 문파뿐. 그리고 그 대표자들이 모두 이 자리에 모여 있었다.

소림과 무당을 필두로 십대문(十大門)이라 불리는 구파일방, 그리고 남궁을 정점으로 삼은 팔대가(八大家)의 여덟 세가가 소위 말하는 정파를 대표하는 문파들이었고, 백호맹(百虎盟)과 북의맹(北意盟)이 정사 중간의 무수한 문파들의 총의를 대변했다.

또한 권왕부(拳王部)와 신마회(神魔會)로 대표되는 사파의 구패(九覇)가 있었다.

스물아홉의 세력을 대표해 이 자리에 앉은 총 스물아홉의 무인 모두가 절정의 기량을 지닌 자들이며 천하에서 이름 높은 명사이기도 했다.

군웅대회의 유일한 행사이자 목적인 '맹세'만으로 움직이기에는 너무나 거물들이었다. 당연히 그 이외의 것들을 논의하는 것이 보통이 되었다.

사소한 문파 간의 거래나 협의 따위도 있었지만 바깥에 새어 나가선 안 될 이야기도 있었다.

"패천방주의 여식이 습격을 당했다던데… 사정을 아시는 분이 있습니까?"

구패의 일익, 철검문(鐵劍門)을 대표하는 흑사자(黑獅子)가 말하는 것과 함께 회의장에 마련된 원탁에 둘러앉은 스물아홉 명의 시선이 제각기 교환되었다.

서로 알고 있는 것을 얼마나 풀어야 하고 어디까지 확인할 수 있을지 가늠해 보는 시선들이다.

무언의 탐색 끝에 가장 먼저 입을 연 것은 개봉을 본거지로 삼은 거지들의 문파, 개방의 대표 광풍개였다.

"우리 동네에서 일어난 일이라 알아보긴 했는데, 전인문주가 인형귀각의 독을 쓴 것 이상의 정보는 건질 수가 없었습니다. 분명히 마교 놈들이 끼어든 것 같기는 한데 목적은 아직 유추가 불가능합니다."

못마땅한 기색을 숨기지 않은 광풍개의 대답에 서로를 바라보는 시선에 한층 깊이가 더해졌다.

“절형독의 사용은 아마 모두 알고 있으리라 생각하지만, 그 현장에서 움직인 건 누구였소? 점창의 무인이라는 것 같던데?”

약간 날카로운 물음이 무경자에게 돌아갔다. 당사자인 만큼 남들이 모르는 정보를 알고 있을 거라는 추측에서였다.

하지만 무경자는 진중한 안색으로 답했다.

“나를 포함한 장로 둘은 그 시각에 숙소에 있었고 일성은 비무를 준비하느라 숙소 후원에 있었소. 그 외에 삼대제자들은 전부……. 내 개인적으로는 그 아이들이 전인문주와 절형독이 얽힌 일을 해결했으리라고는 생각하지는 않소만…….”

타당한 답이었기에 다들 고민을 시작했지만 광풍개가 새로운 사실을 꺼내 들었다.

“우리 쪽 정보에 의하면 단가의 오대독자가 패천방주의 여식과 꽤 가깝다는 것 같더이다. 그때 객잔에도 같이 있었다던데?”

다시 시선이 무경자에게 집중됐다.

숨기고 있는 정보가 있다면 말하라는 무언의 압박이다. 하지만 여전히 무경자의 안색은 변하지 않았다. 딱히 숨긴 것도 아니다. 광풍개가 지금 말한 것은 이미 무경자도 알고 있는 사실이다.

단지…….

"무공에 입문한 지 겨우 십 년, 장로 직계라고는 하지만 어디까지나 속가제자로 건강을 위한 양생법 정도가 전부인 아이요. 그런 아이가 귀각의 절형독을 뚫고 암귀와 일대일로 싸워 이기고 다른 사람들을 구할 수 있다고 보시오?"

상식에 근거한 답. 경험과 상식이 뒷받침된 무경자의 대답에 강렬하던 시선들이 거둬졌다.

"그 말대로 그 아이가 패천방주의 여식과 친분이 있는 것도 사실이고 그 장소에 있었던 것도 사실이오. 게다가 독에도 중독되지 않았으니 가장 먼저 의심받을 만하지만 허무맹랑한 추측은 관두시길 바라오. 그 아이의 뒤에는 점창만이 아니라 단가가 있으니."

무경자의 말이 끝나고 대부분의 기세는 사그라들었지만 의문은 남았다.

"중독되지 않았다니……. 그 절형독에 말이오?"

절형독은 산공독의 일종이기에 내공으로 저항하는 것을 용납하지 않는다. 덕택에 여타의 다른 독과 비교하면 훨씬 적은 양으로도 사람들을 죽음에 이르게 하는 절독이었다.

원로고수라도 준비하지 않으면 목숨이 위험한 독인데 겨우 속가제자가 중독되지 않았다?

다시 한 번 시선이 모아졌다.

"그 아이가 지금껏 먹은 영약들의 기운 덕분이라 보고 있소."

의심은 그 말에 차츰 사라졌다.

그들도 알고 있다. 단가가 한 이십 년 전의 터무니없는 짓을.

천년설삼 열 뿌리와 그에 준하는 무수한 약재들을 사들인 사건은 상당히 유명했다. 특히 그게 오로지 부모의 자식 사랑에서 비롯된 것이라는 점에서 말이다. 그만한 영약으로 몸을 만들었다면 가능성은 있었다.

절형독은 내공을 흩어놓고 그 사이로 침투하는 독이니만큼 살상력도 비할 데 없이 강했지만, 드물게 단순히 몸으로만 버텨내는 경우도 분명 존재했다.

그리고 그런 경우는 대부분 문파에서 심혈을 기울여 키워낸 무인들이었는데, 이는 후천적으로 독에 대한 내성을 키웠다면 절형독을 버틸 가능성이 있다는 이야기이다.

이후로도 그런 식으로 의심하고 의심을 풀어가는 과정이 진행되었다.

점차 피곤해지는 무경자였지만 그럼에도 소홀히 답할 수는 없었다. 단사천에게 불똥이 튀는 순간 그의 사문인 점창은 그 이상으로 손해를 입는다.

다만 이번에 광풍개의 입에서 나온 이야기는 무경자의 생각 밖의 것이라 미처 반응하지 못했다.

"그럼 단사천이라는 아이를 이번 사건의 영웅으로 만드는 건 어떻게 생각하십니까?"

"무슨……?"

"단순한 이야기입니다. 마교 놈들의 의도를 알아보기 위해… 음, 말하자면 미끼라고 할 수 있겠군요."

나머지 참가자들은 흥미를 보였지만 무경자는 대경해 소리칠 수밖에 없었다.

"무슨 소리를 하시는 겁니까! 있지도 않은 일을 꾸미는 데다 본 파의 제자를 미끼로 쓰다니! 하물며 그 단가의 오대독자입니다! 무슨 일이라도 벌어졌다가는……!"

정파라 자처하는 자가 할 일이 아니다. 진심으로 그렇게 생각했다. 하지만 광풍개는 포기할 마음이 없어 보였다.

"그러면 어찌 마교 놈들을 끌어낼 생각입니까? 놈들의 의도도, 목적도, 아무것도 모르는 지금 상황에서?"

"그렇다 해도 그 아이가 미끼가 될 이유는 없소!"

"허면 이대로 놔두고 십 년 전처럼, 십오 년 전처럼 마교 놈들이 또 백주에 천하 곳곳에서 대량 학살을 하는 걸 지켜만 볼 겁니까?"

광풍개의 결의 어린 말에 무경자의 입이 다물어졌다.

수천 명의 무고한 민간인이 목숨을 잃은 사건과 각지에서 수백 명의 아이들이 납치당하고 죽임을 당했던 사건들을 들이밀어 오니 말이 막힌 것이다.

논리적으로 따지자면 따지지 못할 것도 없지만 당장 말이 막힌 것은 어쩔 수 없었다. 그 틈새를 광풍개는 놓치지 않았다.

"미끼라고는 해도 위험하지는 않을 겁니다. 절형독에 버틸 정도의 신체와 십 년간의 수련도 있고, 거기에 무엇보다 마교 놈들도 생각이 있다면 경계가 강화된 개봉에서 황제가 총애하는 단가의 독자에게 살수를 펼치진 못할 겁니다. 만일의 사태를 대비해 이쪽에서도 인원을 차출할 생각입니다."

허점은 많았다. 마교도라는 것은 결국 미치광이들의 다른 이름에 불과했다.

언제 어디서 어떤 짓을 벌일지 예측이 불가능했다. 하지만 그럼에도 광풍개가 이렇게 나오는 것은 믿는 구석이 있기 때문이었다.

바로 군웅대회의 목적인 '관과 무림의 불가침'의 원칙 때문이다.

천문단가가 막강한 권력을 가지고 있다 해도 명확한 증거만 없다면 얼마든지 발뺌도 가능했다. 그렇기에 하는 말이었다.

"그렇지만……."

"물론 단사천이라는 아이의 안전을 최우선으로 움직일 것도 약속합니다. 결코 위험한 일은 없을 겁니다. 말만 미끼이지 정확히는 그 아이의 이름과 사건을 퍼뜨려 거동이 이상한 자들을 찾아내려는 게 목적입니다."

일류의 무위와 암행(暗行)에 능숙한 법개들의 차출을 약속하는 것을 마지막으로 무경자의 입이 닫혔다. 여전히 불안했지만 그래도 어쩔 수 없었다.

상황이 정리되었다고 생각한 광풍개는 다른 자들의 동의를 구하기 시작했다. 대부분이 찬성을 표명했지만 아직 의문은 남았다.

"단사천이라는 꼬맹이가 먹음직스러운 미끼가 될 수는 있소? 겨우 속가제자가 아니오?"

타당하다면 타당한 이야기였지만 광풍개는 자신만만한 미소를 지으며 답했다.

"그 아이가 속가제자라고는 하지만 다른 곳도 아니고 천문단가의 오대독자이니 한 수 정도 숨기고 있다 해도 모두 납득할 겁니다. 거기에 현장에 있던 관계자인 데다 절형독마저 이겨낸 경력이 있으니 영웅으로 만들기 위한 작업도 수월할 겁니다. 걱정은 접어두셔도 좋습니다."

그 말을 끝으로 좌중을 둘러본 광풍개는 만족스러운 미소를 지었다.

"그럼 모두 동의하신 걸로 알겠습니다."

"……."

암묵적인 동의 사이로 무경자의 침음만이 흘렀다.

*　　　*　　　*

군웅대회의 뒤에서 이뤄진 그 결정이 있고 얼마 지나지 않아 그날의 이야기가 다시 한 번 수면 위로 올라오기 시작했다.

본래 한번 사그라진 소문이 다시 되살아나는 것은 흔한 일이 아니다. 한번 사그라들었다는 것은 세간의 관심이 사라졌다는 것이고 그건 흥미가 없다는 소리였으니까.

다만 집단의 적극적인 개입이 추가되면 이야기는 달라진다.

"점창의 속가제자가 그 암귀를 제압했다지?"

"아니, 내가 듣기로는 한칼에 베어버렸다던데?"

"백독불침이라는 소리도 있던데?"

정사를 가리지 않고 퍼지는 소문은 곧 개봉 전역으로 확산되어 갔다. 천하에서 가장 큰 스물아홉 개의 문파가 벌인 일이다. 당연하다면 당연하게도 단사천의 이름은 천하 곳곳으로 퍼져 나갔다.

그리고 소문은 조금씩 살을 붙여나가고 어느 순간에는 단사천이 절정의 무위를 자랑하는 고수이며 단가와 점창에서 심혈을 기울여 키운 무인이라는 소문에 이르렀다.

"청의검협(靑衣劍俠)이라……. 첫 강호행에 멋진 별호가 생긴 것을 축하해요."

평소에 앉던 귀빈석에서 벗어나 무수한 사람들이 앉는 자리로 온 단사천은 몇 번째 듣는지 알 수 없는 저 별호에 얼굴을 찌푸렸다.

겨우 그 자리에 푸른빛의 옷을 입고 있었다는 이유 하나로 성의 없이 지어진 별호였다. 정이 갈 리 만무했다.

"그거 그만합시다."

"왜요? 멋진데."

히죽 웃은 것 같지만 확실하지는 않았다.

무설이 얇은 면사로 눈을 제외한 얼굴을 모두 가리고 있었기 때문이다.

답답하다며 면사를 거부하던 무설에게 단사천이 반 강제로 씌워놓았는데 무설의 외모에서 비롯되는 귀찮은 일들을 막기 위한 조치였다.

"하아……."

한숨을 내쉬며 시선을 비무대로 돌렸다. 여전히 화려하고 경쾌한 움직임들이지만 그것들이 눈에 들어오지는 않았다. 그것보다는 지금의 상황에 귀찮음과 껄끄러움을 느끼고 있을 뿐이다.

'왜 아버지가 그동안 물 흐르듯 부딪치지 말고 눈에 띄지 말라고 했는지 이해할 수 있을 것 같다.'

생일이나 명절이면 한 번씩 점창으로 그를 찾아오던 아버지와 어머니가 매번 하던 말이다.

"눈에 띄지 말고 발톱은 감추며 부딪치지 말고 부드럽게 넘어가라."

지금까지는 막연하게 좋은 말이라고만 생각하고 있었는데 이제는 좋은 말 이상으로 절절하게 와 닿는 말이 되었다.

저 소문이 돌기 시작하면서 그를 알아보는 사람이 늘어나기 시작했고, 무설과 함께 있을 때면 엄청난 시선이 모여들었다.

그리고 이어지는 수군거림.

단사천은 애초부터 신경이 예민했기에 그 수군거림이나 시선들이 신경 쓰여 견딜 수가 없었다.

그나마 수군거림의 내용이야 귀를 기울이지 않으면 들리지 않으니 의도적으로 무시한다고 해도 저 시선들 가운데 무설이나 자신을 노리던 자들이 숨어 있을 수도 있다는 생각이 압박

감을 만들어내고 있었다.

덕분에 이제는 평소에 먹던 약 외에도 위에 좋은 약과 음식들을 챙겨 먹고 있는 형편이었다.

하지만 그건 단사천만의 일이었다. 무설은 단사천의 유명세와 그에 따른 상황을 즐기는 것 같아 보였다. 그리고 그 탓에 둘 사이에 대한 소문도 돌기 시작했다.

무설은 그런 것보다는 지난 일들에 대한 사과와 감사 차원에서 단사천과 어울리다 그를 놀리는 것에 재미가 들린 것뿐이지만 주변의 시선은 그렇지만도 않았다.

"봐요. 다음은 우승 후보끼리네요. 비검룡에 섬룡, 볼만하겠어요."

지금처럼 자연스럽게 어깨를 두드리거나 귓가에 붙어 귓속말을 하는 모습은 주변인들이 보기에 오해를 불러일으키기에 충분했다.

설령 본인들은 별다른 생각 없이 하는 행동이라고 해도 말이다.

"일성 사형은 알겠는데 비검룡은 누굽니까?"

비무대 위로 올라오는 두 사람을 살펴보던 단사천이 심드렁하게 물었다.

남들의 비무는 말 그대로 타인의 일. 대회에 전혀 관심 없는 그다운 물음이었다.

"몰라요? 전 천하대전 최연소 우승자에 비무 한정으로 무당 제일이라는 비검룡 조경을?"

"그런 건 관심이 없어서요. 뭔가 문제라도……?"

"아뇨. 문제는 없는데……. 정말 무인 맞아요?"

"몇 번이나 말했습니다만, 아닙니다."

"네네, 그러시겠죠. 어디까지나 건강을 위한 수련이겠죠."

만담으로밖에 볼 수 없는 대화였지만 일단 둘 모두 진심으로 하는 말이었다.

아무리 영약을 밥 먹듯 먹어온 단사천이라지만 겨우 스물, 약관의 나이로 어지간한 절정고수 이상의 무력을 손에 넣었다.

무설은 그 무위가 진짜 건강 체조 따위로 될 수 있는 수준이 아니라는 걸 알기에 농담으로 받아들이고 있었지만 단사천은 어디까지나 진심으로 '건강'을 위한 개인 수련이라고 생각했다.

무공에 대한 관점과 중요도의 차이에서 이뤄지는 대화의 평행선이었다.

"아무튼 누가 이길 것 같아요?"

이내 무설은 포기한 것인지 화제를 다시 돌렸고, 그제야 단사천은 비무대에 오른 둘에게 정신을 집중했다. 단사천의 기감은 두 사람의 무위를 살펴갔다.

부드럽게 흐르면서도 그 속에 숨은 무게감이 느껴지는 조경과는 달리 거침없이 흐르는 경쾌함이 일성에게서 느껴졌다.

조경은 몰라도 일성의 내공은 성격을 그대로 옮겨놓았다고 해도 좋을 정도였다.

깨끗하며 거침없고 그러면서도 급하지 않아 끊임없이 이어졌다.

단사천의 무공과는 상당히 달랐다.

"아무래도 일성 사형이 이길 것 같네요. 저 사람, 어디 문제가 있는 것 같은데요?"

"문제?"

"예, 원래는 더 부드러운 기운인 것 같은데 뭔가 흐름을 막고 있는 느낌이 있어요. 큰 건 아니지만 둘 사이에 격차가 거의 없다 보니 크게 작용할 것 같네요."

굳이 비유하자면 도도하게 흐르는 강물 사이에 놓인 바위였다.

물길을 바꾸거나 주변에 급류를 만들어낼 정도는 아니지만 확실히 거슬리는 수준, 동격의 상대인 일성과의 비무에서는 불안 요소로 작용할 가능성이 컸다.

"그런 것까지 알 수 있어요? 난 아무래도 모르겠는데."

"하다 보면 됩니다."

사실 단사천은 얼마 전까지만 해도 삼류무인끼리의 비무조차 승패를 알 수 없을 정도였지만 어느 순간 우연히 얻게 된 기감 덕에 이렇게 말할 수 있었다. 단지 지금 하고 있는 것이 무광검도의 입문을 벗어난 다음 단계라는 것을 몰랐을 뿐.

상대와의 최적의 선을 찾아내는 것이 무광검도의 입문이라면 그것을 위해 상대를 완전히 파악해 내는 것이 그다음 단계의 요지였다.

기감을 통해 넓은 범위를 파악해 나가던 도중 우연히 깨달은 것이기에 완전하지는 않았지만 그래도 지금처럼 비무를 위해 기세를 숨기지 않는 자들에겐 충분히 통용되고 있었다.

'그런데 저거 설마 그건가?'

어딘지 모르게 익숙한, 적어도 한 번 이상 본 것 같은 기분이 조경의 흐름을 막는 그것에서 느껴졌다.

그리고 이내 깨달았다. 바로 며칠 전, 객잔에서의 습격 때 본 그 독의 잔향이었다.

'그때 거기 있었나? 아니, 그 자리에 있던 사람들 중에는 없었는데?'

기억나지 않는 것이 당연했다.

조경은 그때 객잔 안이 아니라 바깥에서 길을 걷는 도중이었고, 갑자기 객잔에서 뿜어져 나온 독연이 행인들에게 퍼지지 않게 하는 과정에서 중독되었으니까.

하지만 원흉이라고 할 수 있는 단사천은 고민을 하다 이내 생각을 멈췄다.

답이 떠오르지 않는 고민은 두통만 만들어낼 뿐이다. 그러니 과감하게 잘라냈다. 그리고 단사천이 고민을 멈추는 것과 함께 비무대 위에서 격돌이 일어났다.

눈으로 쫓기 힘들 정도의 쾌검이 시작을 알렸다. 한줄기 빛살이 이어진다 싶으면 어느새 그다음의 공격이 이어졌다. 너무나 빨랐기에 단 하나의 소리만이 들렸지만 분명히 허공에는 세 번의 검격이 남긴 궤적이 남았다.

허공에 남은 내공의 잔상이 분광검이라는 이름이 붙은 이유였다. 하지만 조경은 그 쾌검을 가뿐히 막아내며 스스로의 호흡에 맞춰 검초를 완성해 나갔다.

면면부절!

끝없이 이어지는 원의 향연이 무수하게 내뻗어오는 일성의 분광검을 하나도 남김없이 걷어내며 일성을 향해 나아갔다.

마치 거대한 방패를 앞세우고 진격하는 군대와 같은 그림이 연상되었지만 일성도 밀리고만 있지는 않았다.

기수식을 바꾸어 거리를 벌리고 이내 화살을 내쏘듯 검을 찔러들어 간다.

사일검법. 분광검에서 만족하지 않고 더욱 속도를 추구해낸 끝에 손에 넣은 무기이다.

마치 진짜 화살처럼 극한까지 시위가 당겨진 검이 직선으로 나아갔다. 어떤 기교도 없이 목적지를 미리 알리고 전진하는 검초였지만 그렇기에 무엇보다 빠르고 강렬했다.

끝없이 이어지던 원 가운데 하나가 일그러지는 것을 시작으로 다른 원들에까지 파문이 미치기 시작했다. 그러자 이번에는 쾌검이 아닌 부드러움을 섞여 들어갔다.

유운검의 검초가 일그러지기 시작한 원에 따라붙어 원을 만들어내는 것을 방해하며 조금씩 흐름을 빼앗기 시작했다.

그러다 원이 제대로 이루어지지 못하면 다시 분광검이나 사일검의 초식을 통해 틈을 넓히고 그 틈을 유운검을 통해 조금씩 고착화시켜 나갔다.

평상시의 조경이라면 그것만으로는 어찌할 수 없는 완성에 가까운 무인이었지만 이날은 달랐다.

단사천이 말한 것처럼 강물 사이의 바위가 결국 온갖 부유물과 뒤섞여 강물의 흐름을 막아선 것이다.

"…패배를 인정합니다."

삼백을 훌쩍 넘는 초식의 교환 끝에 조경이 패배를 시인하는 것으로 그날의 비무는 끝을 맺었다.

가장 강력한 우승 후보이던 조경의 탈락은 예상 외였지만 상대가 일성이었기에 크게 파문이 일지는 않았다. 그렇게 천하대전은 큰 이변이나 사건 없이 진행되어 갔다.

"결승 진출을 축하드립니다, 사형."

"오, 유명한 청의검협에게 축하를 받다니 쑥스러운데?"

"하아……."

"하하, 걱정하지 마라. 어차피 곧 관심은 식을 테니까. 다 한때라고."

결승은 예상대로 지난 대회의 사강에 오른 자들 가운데서 나왔다.

조경 대신 일성이 그 자리에 있다는 걸 제외하면 모두가 예상한 대로였다.

그리고 일성은 조경을 이긴 것이 운에 의존한 것이 아니라는 것을 증명하듯 남은 경기를 모두 순식간에 끝내며 섬룡의 이름을 알렸다.

"그런데 오늘은 드물게도 혼자로군. 어때, 비무라도 한번 하지 않겠느냐? 청의검협의 무공을 견식할 기회를 다오."

형제 사이의 짓궂은 장난과 같았다. 악의는 전혀 없었고 그저 단순히 사형제 간 우애를 돈독히 하기 위한 가벼운 장난이었다.

그리고 비무라고 해봐야 서로의 무공을 확인하고 서로 모자란 점을 깨우치기 위한 가벼운 대련에 지나지 않는다. 다른 제자라면 일성과의 대련을 돈을 내고서라도 하고 싶어할 테지만 단사천은 언제나처럼 손사래를 쳤다.

"괜찮습니다."

"그러지 말고 한번 어울려 보자꾸나. 내가 다른 사형제들과는 이미 검을 맞대어봤는데 너와는 한 번도 검을 맞댄 적이 없어서 그런다. 이 사형에게 무안을 줄 셈이냐?"

여전히 난감한 표정만 짓고 있는 단사천을 보며 일성은 문파의 어르신들이 단사천에 대해 한 말들을 떠올렸다.

'다치는 것을 겁내고 싸우는 것을 기피하며 위험과는 상종하지 않는다. 무인에는 어울리지 않지만 그렇기에 치세에는 명신(名臣)이 될 자질이 있다.'

요컨대 소심한 겁쟁이에 보신주의자이다. 상당히 축약하고 안 좋게 해석한 것이지만 틀린 답도 아니었다.

"걱정하지 마라. 내 설마 실전처럼 하겠느냐? 다치지 않을 것이다. 적당히 조절하마."

처음으로 고민의 기색을 보인 단사천을 보며 일성은 씨익 웃으며 어깨를 두드렸다.

강권과 설득 끝에 남은 것은 억지다. 좋은 방법이라고는 할 수 없지만 지금의 단사천처럼 또래의 동문 사이에서 고립된 것을 놔두는 것보다는 나았다. 일성은 그렇게 생각하고 움직이고 있는 것이다.

단순히 별호를 얻은 사제의 무공이 궁금한 것도 있었지만 그것보다는 단사천의 태도와 출신 배경에서 비롯된 고립을 어떻게든 해결해 주고 싶다는 마음이 더 컸다.

"그럼 승낙한 줄 알고 후원에서 기다리마. 네 검을 가지고 내려오너라."

먼저 후원으로 나선 일성은 가볍게 몸을 풀며 단사천을 기다렸다.

반의반 각 정도가 지났을 무렵 투덜거리며 후원에 들어선 단사천은 내키지 않는 얼굴을 하고 있었다.

수련에는 누구보다 열정적이라는 말을 들었지만 비무를 위해 마주 보고 있는 동안에는 그런 기색을 전혀 느낄 수 없었다.

힘이 느껴지지 않는 엉성한 자세와 의욕 없는 눈빛에 일성은 쓴웃음을 지을 수밖에 없었다.

"나왔구나. 그럼 바로 시작할 테니 자세를 잡거라."

하지만 일성의 감상은 이내 바뀌었다. 검을 잡고 기수식을 취하는 순간 단사천에서 뿜어져 나오는 기세는 방금 전까지의 하릴없는 한량의 것과는 완전히 달랐다.

쓴웃음이 웃음으로 바뀌었다.

'확실히 노력가라는 평가는 틀리지 않은 모양이야.'

그것을 끝으로 감상을 마쳤다.

생사를 걸고 하는 사투도 아닌 단순한 비무. 서로의 기량을 확인하는 행위에 지나지 않지만 상대를 존중한다는 의미에서라도 온전히 상대에 집중해야 했다.

그것이 일성이 배운 무인으로서의 예의였고 당연히 지금도 그랬다. 거기에 이렇게 된 이상 단사천의 바닥을 들여다보고 싶은 마음도 생겨났다.

먼저 움직인 것은 일성이었다.

일 보 내디뎠다.

검을 뽑고 검집을 당기며 발검의 속도를 배가하고 상대의 중단을 노려갔다.

전력을 다한 것은 아니었지만 그래도 절정의 쾌검이라는 것에는 변함이 없었다. 어지간한 상대라면 아무것도 하지 못할 속도였다.

"어?"

그렇지만 튕겨나간 것은 일성의 검이었다. 대체 언제 찔러 들어온 것인지 알 수 없는 검이 일성의 검을 빗겨내고 어깻죽지에 닿아 있다.

"봐주셔서 감사합니다, 사형."

당황은 단사천이 검을 거둬들이고 포권을 취할 때까지 이어졌고, 사형이라는 단어가 들릴 즈음 겨우 정신을 차릴 수 있었다.

그만큼 충격적이었다.

전력이 아니었다, 방심했다, 이럴 줄 몰랐다… 그렇게 변명할 수도 있었지만 아무것도 하지 못한 채 쾌검으로 밀렸다는 사실은 사라지지 않았다.

그렇기에 간신히 마주 포권을 취하고 돌아가는 단사천의 등을 멍하니 바라보고 있을 수밖에 없었다.

*　　　*　　　*

"뭔가 집중하지 못하는 것 같습니다."

비무대를 내려다보는 자들 가운데 공방의 심층적인 부분을 관찰해 낼 수 있는 고수들의 공통적인 감상을 담은 말이다.

섬룡 일성과 용걸개 문앙의 천하대전 결승은 사람들의 기대만큼이나 상당한 볼거리를 제공하고 있었지만 그 내부를 들여다보면 상황이 약간 달랐다.

양측 모두 한 치의 양보도 없는 공방이 이어지는 가운데, 문앙의 얼굴은 여력을 남기지 않고 맹렬히 모든 것을 뿜어내고 있는 데 반해 일성은 어딘가 멍한 얼굴을 숨기지 못하고 있었다.

딱히 초식이 무뎌졌다거나 내공의 수발에 이상이 있는 것은 아니었다. 단지 상대에 온전히 집중하지 못하는 것이 보이고 있을 따름이다.

그리고 그건 일성의 정면에 서 있는 문앙이 가장 잘 느끼고 있었다.

“비검룡을 꺾었다고 이제 나는 눈에 차지도 않는 건가, 섬룡 나리?”

타구봉을 정면으로 내세우며 매섭게 짓쳐들어오는 문앙의 공격이었지만 일성의 눈에 보이는 것은 문앙의 타구봉이 아니라 단사천의 그 일검이었다.

‘그것에 비하면 너무 느려.’

어제 단사천이 일성에게 보인 일격은 인식하는 것도 불가능한 쾌검이었다. 바라고 바라던 쾌검의 끝을 봐버린 것 같은 기분이 들었다.

그렇기에 비교해 버리고 말았다.

날렵하고 경쾌한 움직임과 묵직하고 중후한 맛이 있지만 속도가 절대적으로 모자랐다.

문앙의 타구봉은 또래뿐만 아니라 나름 한가락 하는 고수들에게도 먹힐 수준이지만 눈이 너무 높아졌다.

지금도 그렇다. 맹렬하게 찔러오는 타구봉은 먼지와 내공을 휘감아 마치 용처럼 보일 지경이었지만 느리다.

분광검의 궤적을 한곳으로 모아 베어가면 이내 용과 같던 그 강맹한 기운은 뱀처럼 빈약해진다. 그러고 나면 반격의 실마리만 제공할 뿐이다. 단사천의 충격적인 일검에 비하면 아무것도 아니었다.

'그것에 비하면?' 하는 생각을 계속해 나가다가 깨달았다.

'내가 지금 뭐 하는 거지?'

입장을 바꿔 생각했다.

만약 일성과 문앙의 입장이 반대라면?

한쪽은 진지하게 비무에 임하고 있지만 다른 한쪽은 상대를 보기는커녕 무시하고 있다. 예의가 아니었다.

일성이 점창파에서 배운 것은 무공만이 아니었다. 사람답게 살기 위한 의협도 배웠다. 지금까지의 모든 것이 얼마나 결례였는지 깨달았다.

"미안하군. 확실히 내 실수야."

그제야 일성의 눈에 힘이 돌아왔다. 먼 곳을 보는 것 같던 초점이 문앙에게로 집중되었다.

그리고 검로도 바뀌었다.

그간 상대의 묘리를 오로지 속도로 깨부숴 가던 모습을 버리고 부드럽게 휘감고 빠르게 쳐냈다.

구름 속에서 내리치는 벼락과 같이 유려하게 모습을 바꾸는 일성의 검로는 문앙의 봉법을 조금씩 밀어냈다.

"섭섭할 뻔했잖아."

이제는 확연히 수세에 몰렸음에도 문앙의 얼굴에는 오히려 웃음이 피어났다.

비무란 무와 무를 맞대고 서로의 무를 확인하는 것이다. 확인하는 것은 단순히 무공에 그치지 않고 그간 쌓아온 노력과 시간에까지 범위를 넓혀간다.

그런데 상대가 자신이 아니라 다른 곳을 보고 있다면 그건 모욕이나 다름없었다.

그렇기에 문앙은 웃었다.

"제대로 하자고! 기왕 올라온 결승인데 재미있게 해야지!"

크게 외친 문앙은 봉으로 땅을 짚고 높은 곳에서부터 떨어져 내리는 퇴법으로 재전을 시작했다.

자유분방, 그야말로 개방이라는 문파의 기풍에 걸맞은 움직임이었다.

강맹하지만 그렇다고 굳어 있지 않았다. 상황에 따라서 얼마든지 변화하는 모습도 보여준다. 거지라는 삶에 녹아든 그들만의 의협과 의기를 그대로 나타낸 무공이었다.

그에 반해 일성의 움직임은 지금까지와 크게 다를 바가 없었다. 다만 그것이 완전히 같은 결과를 만들어내지는 않았다.

유일하지만 무엇보다 큰 차이가 눈이었다. 분광검과 사일검이라는 천하일절의 쾌검을 쓰기 위해서는 다른 어떤 신체 부위보다도 눈의 단련이 필요했다. 그리고 일성은 장문제자라는 자리에 걸맞은 눈을 가지고 있었다.

거기에 단사천이 보여준 일격이 일성의 눈을 다시 한 번 뜨이게 만들었다. 인간이 인지할 수 있는 한계 너머의 속도를 경험한 일성의 눈은 지금까지보다 많은 것을 포착해 낼 수 있었다.

규칙도 없이 움직이는 것 같은 문앙의 보법이지만 그 모든 것이 마치 정지한 듯 일성의 눈에 잡혔다. 그리고 틈을 발견하고 검을 내질렀다. 그것의 반복이다.

유운검으로 방어하고 사일검과 분광검으로 공격해 들어갔다. 가장 기본적인 점창 문도의 모습이었지만 적어도 이번 천하대전에서는 누구도 막을 수 없는 승리 공식이었다.

그 뒤의 공방은 그리 길게 이어지지 않았다. 무리한 움직임으로 빈틈을 드러낸 문앙이 일격을 허용하고 그것을 기점으로 점차 손발이 어지러워지기 시작하더니 십여 초를 더 버틴 후에는 승자와 패자가 갈렸다.

"축하한다, 우승자."

"고맙다."

환호 속에서 가볍게 축하와 감사를 주고받은 둘은 비무대를 내려갔다. 승자와 패자라는 상반된 입장이었지만 두 사람의 얼굴은 비슷했다.

복잡한 심정이 그대로 드러나는 얼굴이었다.

다만 그 속에 담긴 감정은 조금 달랐다. 패자인 문앙의 경우는 패배에 대한 감정이라는 것을 쉽게 유추할 수 있었지만 우승이라는 영광을 거머쥔 일성의 얼굴에 드러난 복잡함은 설명하기 힘든 것이었다.

하지만 그 얼굴은 이내 사라졌다. 축하를 위해 내려온 무경자와 유명 인사들이 그의 앞에 서 있었기 때문이다.

허공을 수놓는 꽃잎과 쉴 새 없이 이어지는 축하 인사는 그가 우승자라는 것을 확인시켜 주는 것 같았지만 그러면 그럴수록 전날의 충격이 강하게 일성의 뇌리를 메워 나갔다.

깨닫고 난 순간 어깨에 닿아 있던 단사천의 검은 처음 보는 것이었다.

대개의 속가제자들이 배우는 유운검은 절대 아니었다. 그렇다고 회풍무류검도 아니었으며 속가제자에겐 허락되지 않는 진산절기인 분광검이나 사일검도 아니었다.

처음 보는 기수식, 처음 느껴보는 기세, 그리고 한순간에 나버린 결판.

"우승 축하한다."

"감사합니다."

웃으며 답하지만 속으로는 전혀 다른 생각만이 떠오른다.

'우승자라……. 더한 괴물이 있는데 말이지.'

우승이라는 결과에도 진심으로 기쁘게 웃을 수 없어 나오는 쓴웃음이었지만 누구도 그걸 쓴웃음이라고 생각하지는 않았다.

천하대전이 끝나고 탄생한 새로운 십룡과 서열에 사람들이 열광하고 있을 때 우승자의 쓴웃음을 만들어낸 당사자는 숙소에 있었다.

모두가 축제 분위기를 즐기고 있는 소음이 가득한 거리와는 달리 어둠이 내려앉은 숙소에서 조용히 짐을 싸고 출발 준비를 끝낸 단사천은 어둠을 틈타 담을 넘고 있었다.

'어젯밤에 사숙에게는 미리 말해놨고, 방에 서찰도 남겼고, 뭐 까먹은 거 없지?'

원래부터 점창파로 복귀하는 일행과는 따로 움직이게 될 예정이었지만 중간까지는 같이 움직일 생각이었지 이렇게 밤에 몰래 탈영하듯 움직이려는 생각은 없었다. 이건 전부 무설 때문이었다.

십육강전에서 문앙에게 일방적으로 밀려 탈락한 무설은 다른 사람들이 점창파의 문도로 착각할 만큼 열정적인 응원을 펼쳤다.

그걸 뒤에서 지켜보던 청산자가 무설을 좋게 봤는지 얼마간 대화를 나누다가 마교도의 습격을 받았다는 걸 듣고는 무경자와 상의해 무설이 중간까지 동행하는 데 합의했다.

그리고 그걸 옆에서 듣고 있던 단사천은 곧 야반도주를 결심했다.

집단이 가져다주는 이점을 모두 포기할 정도로 무설이 만들어내는 귀찮음은 각별했다.

금쪽같은 수련 시간에 개봉 전역에 끌려다녀야 했던 것이나 중간중간 먹은 노점 음식이나 자극적인 음식들은 그럭저럭 참을 만했다.

다만 벌써 두 번이나 무설로 인해 습격을 받았다.

그쯤 되면 마교는 무설을 노리고 뭔가 수작을 부리고 있다는 것 정도는 바보라도 알 수 있다. 그럼 당연히 근처에 있다는 이유로 이쪽도 휘말리게 된다.

그렇게 그 미친 마교도랑 엮일 바에는 홀로 여행하는 편을 택하는 쪽이 더 안전했다. 그렇게 생각하고 행동에 옮긴 것이다.

문제라면 그날 개봉은 천하대전의 끝과 함께 시작된 축제로 밤늦게까지 불이 꺼지지 않았다는 점과 모두가 축제를 즐기는 와중에 홀로 엄청난 부피의 봇짐을 메고 가는 단사천의 모습은 사람들의 기억에 아주 또렷하게 남았다는 점이다.

*　　*　　*

개봉에서 얼마간 떨어진 거리에 있는 화전민촌에서는 을씨년스러운 기색이 감돌고 있었다. 십여 채의 가옥은 죽음이 눌어붙어 있는 것 같았다.

곳곳에서 피 냄새가 흐르고 썩어들어 가는 지독한 냄새가 섞였다.

"패천방주의 딸은… 어떻게 되었지?"

마을의 중앙에는 수십 구의 시체가 한곳에 쌓여 있었다. 그리고 그 위에 괴인이 걸터앉아 있다.

사람이라면 지독한 냄새와 혐오스런 모습에 꺼릴 부패한 시체였지만 그런 것에 전혀 신경 쓰지 않는 것 같아 보였다. 아니, 그보다는 피와 죽음이라는 개념을 즐기고 있는 것 같았다.

"방해가 있었다. 웬 점창파 놈이 하나 끼어들더군."

괴인의 말을 받은 것은 흑색으로 전신을 감싼 남성이었다. 그날 무설과 단사천을 습격한 복면인들의 수장으로 패천방의 정예를 일방적으로 도륙한 자였다.

"겨우 하나에 꼬리를 말고 도망쳐 온 거냐? 실망이다, 흑검."

비웃음을 숨기지 않은 괴인은 시체더미에서 비죽 솟아 있는 가녀린 팔 하나를 부러뜨려 입가로 가져갔다.

마치 잘 익은 과일을 씹어 먹는 것처럼 썩은 시체를 씹어 삼킨다.

천륜에 역행하는 행위였지만 그것을 보고 있던 흑검이라는 사내는 아무렇지도 않게 답했다.

“흥, 그때 데려간 놈들이 너무 허약했을 뿐이다. 패천방 놈들도 감당 못 하고 픽픽 죽어버리니 흥이 식더군.”

“크흣흣, 확실히 그건 어쩔 수 없지. 하긴 그때 네가 데려간 것들은 조무래기뿐이었으니까.”

새하얀 뼈만 남은 손을 아무렇게나 던져 버린 괴인은 날듯 시체더미에서 내려섰다.

깃털처럼 착지하는 것에서 보이는 경공의 경지가 괴인이 고수란 걸 증명하고 있었다.

“그래서 놈의 이름은? 그것도 못 알아낸 건 아니겠지?”

“단사천이라더군. 요즘에는 청의검협이라 불리는 것 같다.”

대답한 것은 흑검이 아니라 새로 나타난 자였다.

괴인의 흑의는 피에 절어 있고 흑검의 것은 깨끗한 흑색 장포라면 지금 등장한 남자는 마치 까마귀의 깃털처럼 번들거렸다.

“귀독? 너도 여기 와 있던 거냐?”

“흑검이 실패했다는 말을 들어서 말이지. 전할 말도 있고 해서 근처에 왔다가 겸사겸사 왔는데… 재미있는 걸 봤다.”

귀독이라 불린 남성은 새까만 이빨을 드러내며 웃었다. 마치 귀신과 같은 웃음소리가 흘러나오는 것과 함께 눈으로도 볼 수 있을 정도로 짙은 독기가 흘러나왔다.

"어이, 냄새난다."

"이 향기를 냄새라고 표현하다니… 못 배운 티를 내는구나, 흑검."

썩어가는 시체의 장독에 사람을 죽일 정도의 극독이 섞여 들어갔다.

독의 당사자인 귀독을 제외하고서라도 단순히 냄새난다고 말하는 것 이외에 어떤 행동도 하지 않는다는 점에서 이 자리에 있는 두 남자의 내공 수위를 짐작할 수 있었다.

"흥! 그래서 뭐냐, 그 단사천이라는 놈은?"

"아, 절형독이 안 먹히더군. 거기에 절형독의 해독을 본인의 피를 먹여서 하더란 말이지."

"피? 뭐야? 그렇다면 그 녀석이 의선(醫仙)처럼 보혈(寶血) 같은 거라도 가지고 있는 건가?"

"글쎄, 거리가 꽤 있어서 제대로 보지는 못했지만 아무래도 그 비슷한 것 같다. 흐흐흐."

의선의 보혈!

그건 하나의 경지였다.

피가 그 자체로 만병통치약이 된다는 경지로 의선문에서는 등선 직전에 이룰 수 있다고 믿는 경지였다. 독인으로의 완성을 노리는 귀독에게 있어서 보혈의 경지는 넘어서야 할 벽이자 무엇보다 먹음직스러운 먹이였다.

"어이, 그건 내 거다. 넘보지 마라."

하지만 흑검은 웃음에 동조하지 않으며 검을 뽑아 들 준비를 했다.

대답에 따라 당장에라도 검을 내지를 것 같은 분위기를 풍기고 있었지만 괴인과 귀독 둘 모두 긴장 없이 웃음만 흘리고 있을 뿐이다.

"한판 하지 그러냐, 귀독? 좋은 구경거리 좀 보여줘."

"시끄럽다, 광마. 그리고 걱정 마라, 흑검. 난 그저 나중에 네놈이 녀석을 끝내고 나서 그 녀석의 시체만 넘겨주면 만족하니까."

"그러면 상관없지만 괜한 수작을 부렸다간 네놈의 모가지를 먼저 날려주마."

"흐흐, 무섭구만, 무서워. 그런데 이거 안타까워서 어쩌나? 패천방주의 딸은 이제 그만 건드리라는 회에서의 명령이다."

"뭐?"

"미안하지만 그렇게 노려봐도 난 아무 잘못 없어. 내가 내린 것도 아니고 회에서의 결정 사항이니까."

"쯧, 그래서 천하대전을 망치는 건 여기서 그만두나?"

기분이 상했다는 걸 보여주듯 거칠게 옆에 있던 집의 벽을

후려쳤다.

가벼운 손짓이었지만 나름 단단하게 세워져 있던 흙벽이 그대로 무너져 내렸다.

"그래, 그런 것 같다. 그리고 광마 네놈도 적당히 처먹으라는 전언이다. 슬슬 은폐에 한계가 왔다."

"안 그래도 배불러서 슬슬 그만두려고 했어. 그럼 다음 행선지는 어디지?"

"나는 의선문, 너희는 숭산과 형산이다. 좋아하는 쪽을 골라라."

"소림 땡중은 별론데……."

"그럼 숭산엔 내가 간다. 한판 거하게 하기에는 소림사 중들이 제격이지."

숭산이라는 말에 질색하는 광마와 아까까지의 저하된 기분이 연기인 듯 사나운 웃음을 내보이는 흑검의 상반된 모습에 귀독은 웃음을 흘릴 뿐이었다.

六. 의천문

녹림도(綠林徒).

거창하게 말하지만 그래봐야 화적과 산적 떼를 이르는 말에 지나지 않는다.

나라가 어지러우면 세가 늘고 그렇지 않으면 줄어드는, 치국이 제대로 이뤄지는가를 알려주는 지표나 다름없는 자들이다.

그런 의미에서 이들이 산속이라고는 하나 버젓이 집을 짓고 도당을 만들 정도라는 것은 나라가 상당히 혼란스럽다는 반증이기도 했다.

아무리 황제와 관리들이 노력하고 있다지만 사방에서 창궐하는 오랑캐와의 싸움이나 신흥 왕조라는 연약한 기반이 문제였다.

그리고 산적이나 화적이 되는 이유의 일 순위가 굶주림이라는 것을 증명하듯 이곳에 모여 있는 산적들은 하나같이 굶고 있었다.

"대장."

삐쩍 마른 산적이 건물 구석에 앉아 있는 거한에게 말을 걸자 고개를 들어 답했다.

"또 왜?"

그나마 대장이라 불린 거한은 다른 자들에 비해 상태가 나아 보였지만 그도 크게 다를 것은 없었다. 다른 자들과 똑같이 먹었고 똑같이 굶었다. 상태가 나은 이유는 그저 그가 약간이나마 내공을 가지고 있기 때문이었다.

"먹을 게 다 떨어졌는데요."

굶주린 산적이 말하는 먹을 것이란 쌀이나 보리 같은 곡물도 산딸기나 머루 같은 열매뿐만이 아니었다. 초근목피, 이 근처에서 먹을 수 있는 온갖 것이 씨가 말랐다는 소리였다.

"그래서 내가 작작 처먹으라고 했지!"

거한이 화를 내는 것도 당연했다. 천하대전과 군웅대회가 끝나고 얼마 정도 더 기다리기 위한 식량을 비축해 놨지만 거한을 제외한 다른 산적들이 당장 눈앞의 배고픔에 못 이겨 그 비축 분을 먹어치워 버린 것이다.

"그, 그렇지만 배가 고파서……."

"안 뒈질 정도로 처먹으면 됐지! 이런 시기에 밖으로 기어 나가는 게 얼마나 위험한지 몰라서 그러는 거냐? 앙? 좋다고 처먹을 때는 언제고! 그렇게 배고프면 니들끼리 나가서 털어!"

멱살을 잡아 끌어당기고 이빨을 내보이며 한 글자 한 글자 씹어뱉듯 말했다.

거한의 위협에 말을 꺼낸 사내는 주눅 들어 고개를 떨어뜨렸다.

곧이어 날아들 주먹질을 각오하며 눈을 질끈 감을 때, 갑작스레 문이 열리며 또 다른 산적 한 명이 들어왔다.

"대장, 웬 놈 하나가 지나갑니다!"

열기가 가득한 말에는 허덕대는 숨소리가 섞여 있다. 며칠만의 사냥감을 발견한 이리의 그것과 비슷한 숨소리였다.

"한 놈?"

하지만 거한은 오히려 얼굴을 찌푸렸다.

경험으로 알고 있었다. 이런 시기에 지나다니는 개인은 어지간히 미친놈이거나 지닌 바 무력에 상당한 자부심이 있는 경우 중 하나였다. 그리고 한창 시끄러운 개봉에서 그리 멀지 않은 하남의 경계인 이곳이라면 위험한 놈일 가능성이 높았다.

거한과 일당은 딱히 그런 일을 겪은 적이 없지만, 주변 산채의 이야기를 들어보면 먹음직스러운 먹이가 알고 보니 맹수였다는 경우도 왕왕 들려왔다. 그나마도 지금까지 거한과 거한의 무리가 그런 것들과 연관이 없던 것은 그저 다른 도당에 비해 조심성이 많았기 때문이다.

그 외에는 어떤 특별한 이유도 없었다. 그리고 그걸 거한은 잘 알고 있었다.

"건드리지 마. 잘못하면 얼마 전에 여자랑 노인네 둘을 작업하려다 망한 대호채 놈들 꼴 난다."

평소라면 그걸로 끝이었다. 거한의 지위는 지금까지 몇 번의 도전을 물리치며 상당히 높아졌고, 나름 괜찮은 우두머리로 그들을 이끌어왔기에 인망도 나쁜 편은 아니었다. 다만 상황이 좋지 못했다.

"괜찮습니다. 자기 몸만 한 짐에 칼 한 자루 덜렁거리면서 늙은 말을 타고 가는데 아무리 봐도 고수는 아니었습니다."

거한은 눈살을 찌푸리며 멱살을 쥐고 있던 사내를 방구석으로 밀어버린 뒤 방금 방 안으로 들어온 사내와 시선을 맞추며 입을 열었다.

"내가 하지 말라고 하면 하지 마. 알아들었어?"

배가 비어 성격이 날카로워진 탓에 평소 이상으로 강압적인 말이 튀어나왔다. 다만 배고픔으로 성질이 나빠진 것은 거한 혼자만이 아니었다.

"하지만 이러다간 다 굶어 죽습니다, 대장!"

내공도 없이 온전히 몸으로 기아를 견뎌야 하는 수하들은 성격이 날카로워진 정도가 더욱 심했다.

결국 산적들은 그들의 우두머리를 앞두고 평소라면 생각도 못했을 일을 태연히 저지르고 말았다.

"이 새끼가……."

결국 주먹이 올라가고 힘줄이 불거질 정도로 강하게 쥐어지기까지 했지만 이내 다시 허리춤으로 내려왔다.

그도 알고 있었다. 이대로 가만히 산속에 박혀서는 얼마 못가 진짜 굶어 죽을지도 모른다는 것을. 언젠가는 한탕 하지 않으면 안 된다는 걸 알고 있었기 때문이다.

"…안내해라. 만약에 아니면 니 모가지 날아간다. 알겠지?"

그렇다면 아직 본격적으로 개봉에 모인 무인들이 흩어지기 전에 한번 벌어서 숨어드는 것도 나쁘지 않은 선택이었다.

결국 거한은 부하들이 물어온 건수에 도전해 보기로 했다.

* * *

벌레 소리가 그치고 풀이 스치는 소리가 퍼져 나간다. 바람에 나뭇잎과 풀이 나부끼는 소리는 아니었다. 무겁고 둔중한 것들에 의해 짓밟히는 소리였다.

"감출 생각도 없네."

개봉에서 출발해 하남성의 경계에 도달하기까지 하루에 한 번 꼴로 산적들을 만났다. 그렇기에 이 산의 고개를 넘으며 산적들을 만날지도 모른다는 생각을 했지만 혹시나 하는 마음도 무색하게 역시나 나타났다.

"와! 길 막는 것도, 나무 쓰러뜨려 놓는 것까지 다 똑같네. 어디서 단체로 교습이라도 하는 건가, 이거?"

다만 산적이 나타나는 것까지는 이해를 하겠지만 하는 짓이 하나부터 열까지 판에 박은 듯 똑같은 것은 이제 감탄을 넘어서 웃음과 허탈함마저 들 지경이다.

멀리서 이쪽을 관찰하는 산적이 둘에서 셋 정도, 그 인원이 사라지고 어느 정도 시간이 지나 산중턱에 오르면 이젠 뒷길과 양옆에 자리 잡기 시작하고 정면에는 말의 길을 막을 나무를 두세 그루 정도 겹쳐 쓰러뜨려 놓는다. 다른 점이 하나도 없었다.

"이제 대장만 나오면……."

"놈! 목숨이 아깝거든 가진 것을 전부 내놓고 가라! 그럼 목숨만은 살려주마!"

단사천의 혼잣말이 끝나기도 전에 온 산을 울리는 쩌렁쩌렁한 목소리의 거한이 나타났다. 그리고 혹시나 해서 바라본 거한의 모습은 예상한 그대로였다.

어지간한 아낙네 허리보다 두꺼운 팔뚝과 팔 척에 가까운 장신에 가죽옷은 녹림도라는 것을 말하지 않아도 알 수 있게 해주었다.

그나마 이전까지의 산적들과 다른 점이라면 어깨에 걸친 박도 한 자루 정도. 그 외에는 이제까지 봐온 모든 산적과 다른 점이 전혀 없었다.

"이 옷, 무슨 옷인지 알아요?"

그렇기에 대응에도 힘이 빠졌다. 긴장할 상황이 아니라는 것을 지난 사흘간 확실히 배웠다.

이들은 삼류 축에도 들지 못하는 하류 인생들이었다. 우두머리를 포함해 많아야 서넛 정도는 삼류에서 이류를 오가는 정도인 자들도 있었지만 그저 그뿐, 정말 어지간히 방심하고 운이 없지 않은 이상 오히려 다치는 편이 더 힘들었다.

"헛소리 말고 가진 것이나 전부 내려놓고 꺼져라! 아니면 피를 보고 싶으냐?"

사납게 웃는 얼굴이지만 기감에 잡히는 거한의 실력을 잘 쳐줘 봐야 이류에 턱걸이하는 정도였다.

가볍게 내지르는 무광검도의 일격도 제대로 감당 못 할 수준이다.

"은 몇 냥 줄 테니까 그냥 비켜달라고 하면 안 비키시겠죠?"

처음 만난 산적들은 돈을 주려고 하니 만만하다고 생각했는지 그대로 단사천을 겁박하려 들었기에 그대로 베어버렸다. 그다음도 마찬가지였고 세 번째 산적 무리도 똑같았다.

이제는 돈 몇 푼으로 상황을 모면하려는 것은 포기했지만 그래도 일단 말을 해보아 손해 볼 것은 없었으니 해보는 것이다.

"기어이 벌주를 자처하는구나! 그냥 네놈을 죽이고 가져가마!"

큰소리는 치지만 본인이 직접 움직이지는 않았다. 이것까지도 똑같았다.

말이 상할까 봐 돌이나 도끼를 던지지도 않고 십여 명이 엉성하게 만든 창과 칼 따위를 앞세워 조금씩 조여 왔다.

그렇다고는 해도 군문의 병진이나 무가의 진법처럼 딱히 교묘한 속임수나 묘리가 숨겨진 것도 아니고 혹시나 말이 날뛰어 다치지 않을까, 허리춤의 저 검에 자기가 다치지 않을까 그런 걱정이 눈에 보이는 진형이다.

결국 대응도 똑같았다.

검은 뽑지 않은 채 검집과 함께 휘둘렀다. 날카로운 맛이 없어 월등히 느려진 검이지만 그럼에도 천하 최고 속도를 노리는 검이다. 일개 산적이 막을 정도로 이가 빠지지는 않았다.

"컥!"

"끄억!"

개중 가까이 있던 두 명의 산적이 피를 흩뿌리며 나가떨어졌다.

산적들 사이에서 동요가 퍼지기 시작할 때 재차 검을 휘둘렀다. 허공을 수놓는 검은 검집의 궤적이 산적들을 하나하나 쓰러뜨려 나갔다.

"썅! 말 신경 쓰지 말고 뭐라도 던져!"

그제야 우두머리가 명령을 내리지만 이미 늦었다. 뒷길을 막던 산적 십여 명이 그사이 이미 모두 땅에 누워버렸고, 단사천은 좌측의 산적들 사이에서 무인지경으로 날뛰고 있었다.

검격이 한 번 있을 때마다 한 명씩 쓰러진다.

검격 자체는 눈으로 쫓기에도 너무 빨라 보이지 않지만 허공에 남는 검은 흔적이 검격이 있었음을 알리고 있었고, 그 궤적을 보며 산적들은 겁을 먹기 시작했다.

"대, 대장!"

"씁! 뭐 해? 가!"

불안한 눈동자로 거한을 올려다보는 사내들이었지만 돌아

온 것은 매정한 명령뿐이었다. 그렇다고 따르지 않을 수도 없었다. 햇빛을 받아 반짝이는 박도가 매섭게 허공을 휘저은 까닭이다.

"이판사판이다! 한 번에 덮쳐!"

누군가의 외침과 함께 머뭇거리던 산적들이 일거에 덮쳐들었다.

사방팔방에서 덮쳐오는 제각각의 무기들은 의도하지 않은 시간 차 공격을 만들어내고 있었다. 경험도 실력도 부족한 무림 초출이라면 당황해 몇 개의 공격은 허용해도 이상하지 않을 수준이다.

하지만 단사천은 부족한 경험을 실력으로 매워 버렸다.

단사천의 손을 떠난 검은 궤적이 제각각의 무기들을 꿰뚫고 지나갔다. 무기를 쥐고 있던 산적들은 인식조차 불가능한 속도로 검은 허공을 가르고 다시 검집에 도착했다.

거기까지 걸린 시간은 맥이 한 번 뛰는 것을 다섯 등분한 시간이었다.

카앙!

아홉 개의 무기가 한순간에 튕겨져 나가는 소리가 겹쳐 마치 폭음을 연상케 했다. 하지만 그 이상으로 산적들을 당황하게 만드는 것은 방금까지 달려들던 자신들이 왜 뒤로 날려가고 있느냐는 것이었다.

산적들의 우두머리인 거한은 그 모습을 보고 기가 질렸다.

눈에 보이지도 않는 쾌검에 이미 스무 명에 달하는 부하들이 땅을 기고 있고 나머지도 겁을 먹어 무기를 떨어뜨린 상태였다.

심지어 상대는 상처는커녕 지친 기색도 없었다. 승산은 어디에도 없었다.

거한이 엎드려 빌기라도 해야 하는 걸까 하는 생각을 하기 시작할 즈음 단사천의 입이 열렸다.

"지나가도 괜찮을까요?"

묘하게 기운 없는 목소리였다.

단사천이 떠나고 몇 시진이 지났다. 떠오른 지 얼마 지나지 않은 해는 이제 산을 넘어가고 있었지만 쓰러진 부하들은 정신을 차릴 생각이 없어 보였다.

마치 한바탕 폭풍우가 지나간 것 같았다. 널브러진 부하들과 깨지고 이가 빠진 무기들, 거기에 멀쩡한 부하들도 굶주림 이상으로 기운이 빠져 버린 상태이다. 영업은커녕 산채로 돌아갈 수 있을지도 의문이다.

"죽은 놈이 없다는 게 다행인지 불행인지……."

중상자는 없었다. 대부분 단순히 기절했을 뿐이다. 외상은 크게 신경 쓸 것 없었지만 산적들은 끙끙거리며 일어나지 못했다.

눈을 뜬 산적들도 멍한 표정을 풀지 못한 채 충격이 가시지 않는 모습을 보여주었고, 그 탓에 산적들은 그 자리에 발이 묶일 수밖에 없었다. 쓰러진 사람들을 놔두고 갈 수도 없었고 산채로 그들을 옮길 수도 없었다.

결국 길가 수풀로 쓰러진 자들을 옮기는 것으로 만족해야 했지만 멀쩡한 사람들도 며칠을 굶은 상태였다. 힘이 나올 리 없었기에 작업은 이제야 겨우 끝이 났다.

“대, 대장!”

“뭐야?”

헐레벌떡 달려온 것은 정찰을 나간 부하였다.

심각한 눈동자가 상당히 위험한 것이 지나갈 것이라는 예상을 하게 했고, 그 예상은 틀리지 않았다.

산을 넘으려는 것 같은 무인 집단이 오고 있다는 소식에 부상자들을 수풀로 밀어 넣고 산적들도 위장을 한 채 숨어 이내 도착한 무인 집단을 살펴봤다.

“분위기 한번 험악하네.”

자색과 흑색이 섞인 무복을 입은 십여 명의 무인이 고혹적인 분위기의 여인 한 명을 중심으로 진을 이룬 채 나아가고 있었다.

혹시라도 눈에 띄었다간 뼈도 못 추릴 것 같은 분위기를 뿜어내는 자들이었기에 산적들은 그저 조용히 지나가길 빌고 있었지만 기도는 하늘에 닿지 않았다.

"재들 데려와."

나지막하지만 확실히 귓가에 박혀든 여성의 목소리와 함께 산적들은 도주를 선택할 시간도 없이 그들의 배후를 잡은 무인들에 의해 끌려가야 했다.

우두머리 사내는 나름 저항해 가며 도주를 이어나갔지만 결국 얼마 지나지 않아 잡혀왔다.

이대로 죽거나 관아로 끌려갈 것을 생각하고 있었지만 의외의 질문이 그들에게 주어졌다.

"혹시 푸른색 도포를 입은 좀 멍한 얼굴을 한 남자를 봤나? 커다란 짐을 메고 갈색의 말을 타고 있었을 거다."

모를 리가 없었다. 바로 몇 시진 전에 그들을 처참하게 때려눕힌 자였으니까.

긍정을 표하자 이번에는 그자가 간 방향을 물어왔다. 사실 방향이라고 해봐야 이 산길에서는 하나밖에 없었지만 이번에도 성의껏 설명했다. 그들에겐 목숨이 달린 일이었으니 당연했다.

그리고 그 두 개의 질문이 끝이었다. 산적들을 그대로 방치한 채 무인들은 사라져 버렸다.

덩그러니 남겨진 산적들은 서로를 바라보며 한숨만 내쉬었다.

"대장, 미안해요."

"오늘은… 장사 접자."

*　　*　　*

북경을 앞둔 곳, 항산의 끝자락이 걸친 하북의 경계가 의선문이 자리 잡은 곳이었다.

항산의 지류에 세워진 의선문은 크게 내외의 양원으로 구분되는데, 내원은 의선문을 세운 초대 의선이 등선한 곳으로 당대의 의선을 제외하면 누구도 들어갈 수 없는 성지였다.

애초에 항산에서 흘러나온 지류의 작은 봉우리의 꼭대기만이 내원으로 지정된 곳으로 그 주변에는 산으로의 출입을 막는 의선문의 무사들만이 돌아다닐 뿐이었다.

그에 비해 외원은 무수한 환자와 의원들이 소란을 만들어내는 곳이었다.

천하에서 가장 뛰어난 의원들과 약사들이 모여드는 곳이며 동시에 그런 의원과 약사들을 찾아 환자들이 모여들었다.

산 위에서 시작한 의선문은 환자들의 접근 등을 이유로 산 아래로 내려와 의술을 펼치기 시작했고, 결국 이름 없던 작은 마을을 청류라고 하는 현으로 만들어내었다.

단사천이 도착한 곳은 그런 의선문을 향하는 첫 입구라 할 수 있는 청류현으로 넘어가는 고개였다.

"여기는 조용하네."

하북성에 들어오고 나서도 몇 번이나 도적 떼를 만났다.

황제가 있는 북경과 가까워져도 빈도 자체는 줄었지만 도적이 사라지지는 않았다. 그런데 의선문의 영역이라는 청류현과 그 일대에서는 도적은커녕 소매치기나 사기꾼도 보이지 않았다.

덕분에 혼자가 되고 처음으로 고개를 넘을 수 있었다. 나오는 것이라고는 기껏해야 사람을 보고 도망가는 사슴이나 토끼, 새 정도이고 맹수조차 없는 평온한 산행이었다.

산을 넘고 나니 펼쳐지는 것은 너른 논밭이었다. 작은 산을 중심으로 펼쳐진 청류현과 그 바깥으로 더욱 크게 펼쳐진 푸른 논은 영글어가는 곡식만큼이나 넉넉한 인심을 보여주는 듯했다.

"무인들 비율이 높은 것에 비해서 분위기도 좋아 보이고."

옆을 스쳐 지나가는 사람 세 명 중 한 명은 무림인이다. 그것도 저잣거리에서나 통할 왈패 수준의 삼류 이하가 아닌 무인이라고 자처할 수 있는 수준의 사람들이 즐비했다.

자연스레 몸에 힘이 들어가지만 주변 분위기는 수백 명의 무림인이 한자리에 모인 것치고는 조용했다.

개봉에서는 자존심 싸움으로 길을 비키지 않는 경우도 있었고, 눈이 마주치는 것만으로도 시비를 건다고 판단하는 경우도 있었다. 그렇지만 이곳은 그렇지 않았다.

서로가 서로의 길을 막지 않게 비켜서고, 시선이 마주치면 가벼운 묵례나 눈인사까지는 아니어도 그저 무시할 뿐으로 욕이 날아들거나 하지는 않았다.

"이런 곳이 있다니……."

처음으로 산을 내려와서 좋았다는 생각이 들었다. 아니, 좋은 정도가 아니라 스스로도 알 수 있을 정도로 흥분하고 있었다.

딱히 동경이나 강물에 얼굴을 비춰보지 않아도 당과를 눈앞에 둔 아이와 같은 얼굴을 하고 있다는 것을 자각하고 있다.

실력 좋은 의원이 바로 옆에 있고 힘 센 이웃도 많았다. 분위기는 좋고 인심은 넉넉했다.

나름 큰 마을이기에 편의시설이라고 할 만한 것들도 꽤 존재했고, 특히 무엇보다도 저 늘어선 약방 거리는 단사천의 정신을 쏙 빼놓았다.

"이 정도 품질의 구기자가 이것밖에 안 해요?"

"응? 젊은이가 보는 눈이 있구만. 의원 지망인가? 내가 싸게

줄 테니까 좀 둘러보고 가."

십여 개의 약방이 줄지어 늘어선 거리는 눈과 발, 그리고 손을 잡아 이끌었다. 이미 봇짐에는 충분한 약재가 들어 있음에도 불구하고 결국 상당한 양을 사고 말았다.

충동구매는 한 곳에서 끝나지 않고 전낭의 무게가 절반으로 줄어들고 봇짐의 무게가 두 배에 가까워질 때가 돼서야 겨우 끝이 났다.

"너무 써버린 것도 같고… 아니지. 이런 좋은 약재를 살 수 있는 곳은 별로 없으니까 당연한 거야. 음, 그런 걸로 하자."

가벼운 자기합리화를 끝으로 약방 거리를 벗어나 말을 몰았다.

뒤에서 풍겨오는 짙은 각종 약재의 향기를 뒤로한 지 얼마 지나지 않아 담장 너머로 커다란 전각들이 보였다.

끝을 모르고 뻗은 담장과 그 너머로 보이는 푸른 기와의 지붕은 부유한 대갓집 부럽지 않았지만, 끊임없이 피어오르는 약재의 냄새와 공기에 섞인 혈향은 이곳이 생과 사가 교차하는 곳이란 걸 느끼게 했다.

아무리 겉모습을 꾸며도, 아무리 큰 전각이라도 근본은 의원이라고 말하는 것 같은 냄새였다.

"환자는 아니신 듯한데, 무슨 용무인지 알려주시겠습니까?"

문은 총 세 개로, 하나는 활짝 열려 있는 대문이고 하나는 그 옆으로 나 있는 쪽문이었다. 그리고 단사천이 서 있는 곳은 그 둘로부터 약간 옆으로 떨어진, 방문자들을 받고 안내하는 곳이었다.

"점창에서 온 단사천이라고 합니다. 사부님께서는 무양이라는 도호를 쓰시는데 미리 연락을 하셨다고 들었습니다만. 여기 소개장과 전서입니다."

신원을 밝히고 소개장을 건네자 짐을 확인했다.

개인이 먹기에는 심각하게 많은 양의 약재에 검사원들은 의아함을 보였지만 그뿐이다.

의선문을 찾는 자들 중에 이런 식으로 약재를 가져오는 사람들이 없지 않았다.

대부분은 보약이나 영약의 제조를 위해 가져오지만 개중에는 단순히 기부 명목으로 가져오는 사람들도 있었다. 몇 가지 보이는 약탕기와 같은 것들이 신경 쓰이기는 해도 종종 있는 일이기에 수문위사들은 당황하지 않고 빠르게 일을 끝냈다.

"그럼 안으로 들어가셔서 기다리고 계시기 바랍니다. 전서를 전해드리고 오겠습니다."

안내되어진 곳은 작은 접객실이었다.

탁자 하나와 마주 앉는 자리에 놓인 방석이 둘, 창가에 놓인 화분이 하나, 그 외에는 별로 특이할 것이 없었다.

약재 냄새 사이로 은은하게 피어나는 다향은 약했지만 깨닫고 나면 의외로 끝까지 존재감을 나타낸다.

한쪽에 앉아 오는 길에 사온 약재들을 정리하고 있으니 이내 문이 열리고 백발의 중년인이 모습을 드러냈다.

"네가 형님의 제자더냐?"

다짜고짜 물어온 그 질문에는 답할 수가 없었다.

중년인이 부른 형님이라는 사람이 사부인 무양자를 말하는 것이라고 어렴풋이 짐작은 하지만 그 짐작이 맞는다고 확신할 수 없었다. 덕분에 단사천은 어찌 답해야 하나 고민하고 있었지만 이내 자신의 실수를 깨달은 중년인이 곧 말을 정정했다.

"아, 정신 좀 보게. 도호로 불러야 한다는 걸 자꾸 깜빡하는군. 그러니까… 도호가 아마 무양이었지? 맞느냐?"

결국 짐작이 맞았다.

"예, 사부님께서는 무양이라는 도호를 쓰십니다. 그런데 혹시 무슨 관계이신지 여쭤 봐도 괜찮겠습니까?"

그제야 얼굴에 웃음이 피어난 중년인은 인사를 하려는 단사천을 제지하고 마련된 자리에 앉았다.

"나는 의선문에서 제약당을 맡고 있는 송수일이라 한다. 예전에 운남 땅에서 구명지은을 입고 형님으로 모시고 있지. 편지로만 들었을 때는 잘 몰랐는데 이렇게 보니 정말 약 중독이구나. 사람 몸이 제약당 창고보다 약 냄새가 심할 줄 몰랐는데… 거참.”

황당함과 웃음이 섞인 얼굴이다. 농담 반 진담 반으로 한 말이기는 했지만 단사천은 웃을 수가 없었다. 온갖 약재가 농축되었다고 해도 과언이 아닌 보혈이 흐르고 있기 때문이다.

“아무튼 잘 왔다. 혼자 여행하느라 고생했을 테니 바로 쉴 곳으로 안내해 주마.”

“감사합니다.”

그다지 피로가 쌓이지는 않았지만 배려를 무시할 필요는 없었다.

일단 흙먼지도 꽤 달라붙었으니 청결 유지를 위해 씻고 싶기도 했다. 어디에도 거절할 요소는 없었다.

“형님께서는 어떻게 지내고 계시느냐?”

“보통 무공 수련으로 반나절 정도를 보내시고 나머지 시간에는 바둑이나 경전을 필사하시곤 합니다.”

“여전하시구나. 단가의 독자라니 이런 작은 곳은 불편할지도 모르지만 나름 좋은 곳으로 내어준 것이다. 너무 불평하지 말아다오.”

단사천이 안내받은 방은 나름 깨끗하고 정갈함이 느껴지는 곳이었다.

본가에 있는 단사천의 방에 비할 바는 아니지만 점창산에서 무양자와 지낸 모옥에 익숙해진 단사천에게는 충분하고도 남는 곳이었다.

"아닙니다. 사부님과 지내는 곳은 이곳의 반도 되지 않는 크기라 이미 익숙해졌습니다."

"하긴 형님이라면 청소도 잘 안 하시니 네가 고생이 많겠어. 오늘은 여독이 쌓였을 테니 좀 쉬도록 하거라."

"배려에 감사드립니다."

"무얼. 형님의 제자인데 이 정도는 당연하지."

손사래를 치며 돌아서는 송수일의 발걸음이 가벼워 보였다.

무양자에게서 송수일에 대해 들은 것이 없는 상태에서 만난 것이라 당황하기는 했지만 사부의 인연이 이어진 것이 나쁜 기분은 아니었다.

물질적으로 무언가를 받은 것은 아니지만 신경을 써오는 송수일의 배려를 느낄 수 있었고, 덕분에 단사천은 가져본 적 없는 숙부라는 것을 떠올리게 되었다.

"그럼 호의를 받아서 씻고 자볼까."

뜨거운 물로 여독을 풀어내고 잠자리에 들자 노숙으로는 얻을 수 없던 숙면의 기운이 느껴졌다. 단사천은 자리에 눕자마자 곧 깊은 잠 속으로 떨어졌다.

*　　　*　　　*

의선문의 공기는 농담으로라도 맑고 상쾌하다고 하기 힘들었다.

곳곳에서 무수한 약탕기가 연기를 뿜어내고 온갖 약재가 뒤섞여 만들어내는 냄새와 기운은 당연하게도 혼탁했다. 그렇기에 조금쯤은 다른 것이 섞여도 누구도 알지 못했다.

그것이 맛도 향도 없는 것이라면 더더욱.

하지만 단사천은 깨어났다.

"독?"

몸속에 잠들어 있던 약 기운이 요동치고 있었다.

공기 중에 섞인 그것들을 밀어내며 맹렬히 움직이고 있다. 마치 의지를 지닌 것처럼 몸 안으로 들어온 독기를 정화하고 중화시켰다. 이번 독도 단사천에게는 전혀 영향을 미치지 않았지만 중요한 것은 그것이 아니었다.

"설마 습격인가?"

설마하니 이 정도 독기의 독이 손님방에 피워지는 향초일 리는 없을 테니 부정하고 싶어도 부정할 수 없는 습격의 증거였다.

무설에게서 멀어지고서도 습격을 받자 단사천은 절망했다.

"내가 원인이었나?"

아니, 그렇지는 않았다.

원인과 결과를 따져보면 단사천은 어디까지나 지나가던 행인 정도의 비중밖에는 없었고, 습격은 어디까지나 무설이나 의선문, 패천방과 연관된 이야기였다.

애초에 산에서 내려오고 반년도 채 되지 않은 단사천에게는 원한이랄 게 없었다.

뭔가 있다면 오직 하나. 그건 사람의 노력으로는 알 수도, 어떻게 할 수도 없는 것인 운이 나쁘다는 것 정도.

"아니지. 나랑은 관계가 없을지도 몰라. 이렇게 독까지 풀었으니 저쪽에서도 이제 여기는 신경 안 쓰지 않을까?"

그렇게 중얼거리는 것을 듣기라도 한 듯 창 너머가 갑자기 밝아졌다.

불이었다.

의선문은 밤에도 불이 꺼지지 않는다.

환자는 때와 장소를 가리지 않기에 최소한의 조치를 취할 수 있게 언제라도 불을 켜놓는 것이다.

그렇기에 이번 사태에도 대응이 빨랐다.

"예상대로이기는 하지만 너무 반응이 좋아서 영 재미가 없군."

건물 지붕의 기와 위에 자리 잡은 귀독은 바쁘게 움직이는 사람들을 바라보며 감탄사를 내뱉었다.

귀독은 마치 어둠 그 자체인 듯 전신을 흑의로 감싸고 있었는데 주변에는 귀독과 같은 식으로 전신을 검게 물들인 집단이 귀독을 호위하며 주변을 경계하듯 자리 잡고 있었다.

"광혈분(狂血粉)은 전부 뿌렸겠지?"

이제는 연기밖에 남지 않은 화재 현장에서 눈을 돌린 사내는 뒤에 시립해 있는 자들을 향해 물었다.

귀독이 불을 지른 이유는 시선을 돌리고 의선문에 숨어들기 위한 것도 있지만 광혈분이라는 물건을 살포할 시간을 벌기 위함이었다.

무색, 무취, 무미라고는 하지만 색이 없는 것도 아니고 냄새와 맛이 없는 것도 아니었다. 그저 상당히 연할 뿐.

그렇기에 상당한 실력이 있는 의원이라면 바로 대응할 수 있었다.

문제는 광혈분이 효과에 비해 대처가 상당히 쉬운 편이며, 그렇게 되면 들인 수고에 비해 결과가 나오지 않는다. 그렇기에 시선을 돌리기 위해 불을 지른 것이다.

"예, 하인들과 방문객의 숙소 다섯 곳 모두 별다른 움직임이 없었습니다. 약효가 나타나기까지 조금만 기다리시면 됩니다."

"그거 좋군. 재밌는 광경이 펼쳐지겠어. 기대돼."

검은 두건이 유일하게 가리지 못한 귀독의 눈이 위험한 빛으로 빛났다.

광혈분이 만들어낼 지옥도를 기대하며 음침한 웃음을 흘리고 있던 귀독의 옆으로 한 흑의인이 다가왔다.

"대주님, 패천방 놈들이 오고 있습니다."

고저가 없는 그 음성에 담긴 내용에 귀독이 얼굴을 찌푸렸다.

"그놈들이 갑자기 여기엔 왜 나타나?"

"이유는 알 수 없습니다만 총 열셋으로 전원 일류 수준으로 보입니다. 처리합니까?"

"아니, 놔둬. 그 정도로는 큰 영향을 못 미칠 테니까."

숫자와 수준 양쪽 모두 그리 신경 쓸 정도가 아니다. 귀독이 이끄는 환마지주대(幻魔蜘蛛隊)가 쳐놓은 덫에서 위협적인 것은 거미줄을 찢고 달아날 정도로 강력한 개인이다.

난잡하게 날아드는 불나방 떼는 위협이 아니라 먹이에 불과했다.

생각이 정리되자 찌푸려졌던 눈가가 이내 반달처럼 휘었다. 거미줄을 향해 앞뒤 분간도 못 하고 날아드는 새 먹이였다. 즐겁지 않을 리가 없었다.

"자, 만들어보자. 저 의학의 총본산을 지옥 밑바닥으로 말이야."

분주하게 움직이는 사람들 사이로 숨죽인 웃음소리가 흘렀다.

*　　　　*　　　　*

"불길은 다 잡은 것 같습니다."

의선문의 무인들은 몸을 사리지 않고 화재 현장을 누빈 것을 증명하듯 본래 새하얀 백의였을 무복이 검게 그을려 있었고 심한 자들은 아예 소매가 다 타버린 경우도 있었다.

"피해 상황은?"

"최초로 불이 난 전각 두 채는 전소되었고 인근의 두 채는 반쯤 타버린 상태로 곧 무너질 것 같습니다. 인명 피해는 사망 다섯, 중상 셋에 경상 열입니다만 사망자들의 사인이 이상합니다."

이만한 불에 사상자가 없을 리 만무했다.

하물며 최초에 불이 솟은 곳이 거동이 불편한 환자들이 모인 전각이었음을 감안하면 겨우 다섯이라고도 말할 수 있었지만, 보고를 받던 무인은 순간 이상한 낌새를 눈치챘다. 무언가 있었다.

"뭐지?"

"불에 타 확실하지는 않지만 중독의 흔적이 보입니다. 개중에는 조(爪)의 흔적으로 보이는 상흔도 하나 있었습니다."

"독? 상흔? 누군가에 의해 인위적으로 이뤄진 일이라고?"

"아무래도 그래 보입니다."

"누가, 무슨 목적으로?"

보고하던 자의 말문이 막혔다. 아무리 생각해도 답을 할 수가 없었다.

의선문은 단순한 약방이나 의원이 아니었다. 대대로 문주는 어의로서 황제의 가장 가까운 곳에 앉을 수 있었고 무수한 문도들은 천하를 돌며 의술을 베푸는 것으로 천하에 의선문의 은혜가 닿지 않은 곳이 드물었다.

정파는 물론이고 사파조차도 의선문이라면 한 수 접어주었다.

규칙 없이 사는 산적이나 마적 떼조차도 그런 의선문을 존중해 청류현과 그 일대에서는 아예 활동을 하지 않았다.

즉 의선문을 상대로 무력 행위를 하는 것은 천하를 적으로 돌리는 짓이나 마찬가지였다. 제정신이 박힌 자라면 결코 하지 않을 일이다.

"우리 말고 달리 누가 있겠어, 친구들?"

두 무인 사이에 내려앉은 침묵을 깨는 대답이 돌아온 곳은 그들의 머리 위였다.

"마교야, 마교. 이름만 들으면 울던 아이도 기절해 버리는 무서운 친구들이 왔다고."

그 목소리에 반응하려 하지만 손발이 뇌의 명령을 거부했다. 손가락 하나 움직이지 않았다.

'독?'

의선문의 무인들이 지닌 내공과 독에 대한 내성을 생각하면 어떤 마비독도 이렇게 즉각적으로 반응할 수 있을 리가 없었다.

단순한 자만심이 아니라 사실이 그러했다. 하지만 이미 일은 일어났다. 하지만 흑의인은 그들의 눈동자를 바라보며 웃음 섞인 답을 내놓았다.

"신기해? 뭐가 그렇게 신기해? 벌써 반각도 넘게 독연을 마시고 있었으면서 설마 중독이 안 될 거라고 생각했어?"

마치 개구리를 잡아 괴롭히는 아이와 같은 눈동자, 죄책감의 빛이 없는 천연의 악의였다.

"너무 슬퍼하지는 마. 곧 다른 친구들도 보내줄 테니까."

그 말을 끝으로 발바닥이 얼굴을 짓밟았다. 입과 코를 짓누르는 발 너머로 치켜 올라가는 것은 숯으로 검게 칠해진 검이었다.

날카로운 절삭 음과 뿜어져 나오는 핏줄기, 그런 일방적인 살육이 의선문 곳곳에서 일어나고 있었다.

내부가 시끄러워지고 있는 동안 대문에서도 한바탕 소란이 일고 있었다.

소란의 주역은 무설을 위시한 패천방의 무인들과 그들을 저지하는 의선문의 수문위사들이었다.

"그러니까 몇 번을 말씀드려야 합니까. 안 됩니다."

네 명과 열세 명. 질은 물론이고 숫자로도 세 배의 차이가 나는 양측의 무인들이었지만 주도권은 네 명의 수문위사들이 잡고 있었다.

"그게 어떻게 안 되겠나?"

"이미 밤이 늦었습니다. 더욱이 내부가 소란스러운 만큼 어지간히 위급한 환자가 아니라면 들이지 말라는 명입니다."

저자세로 나오는 패천방의 무인에 비해 여전히 딱딱한 의선문의 무인이었지만 패천방의 무인들은 얼굴을 찌푸릴 뿐 별다른 말이 없었다.

그들도 눈과 귀가 있으니 전각들 너머로 솟아오른 불길과 그에 따른 고함을 듣고 들었다.

내부적으로 소란스러운 시점, 갑작스런 방문객을 의심하고 출입을 제한하는 것도 이상할 일은 없었다. 다만 무설이 참을 수 있을지 그 부분이 의심스러울 뿐이다.

그리고 예상대로 무설은 곧 인내심의 한계를 드러냈다.

"어지간히 위급한 환자의 정의가 어떻게 되죠?"

무언가를 각오한 무설의 진중한 눈빛에 그들의 앞을 가로막고 있던 수문위사는 흠칫하였지만 이내 얼굴을 바로하고 답했다.

"말 그대로 중상자요. 목숨이 경각에 달린 경우 말이오. 그런데 아무리 봐도 그대들은 그런 것과는 거리가 멀어 보이니 일단 아침이 되면 다시 오시오."

"그래요? 아쉽네요."

그제야 물러난 무설의 눈길이 닿은 곳은 패천방의 두 무사였다. 눈길을 받은 두 무사는 직감했다.

'중상자의 정의가 조금만 물렀어도 우리가 중상자가 됐을 거다.'

슬프게도 그건 사실이었다.

단지 단사천을 만나는 시간을 겨우 몇 시진 앞당기기 위해 부하들을 불구로 만들 수도 없는 일이었고, 조금 머리가 식고 나니 이런 시간에 갑자기 찾아가 봐야 더 인상만 나빠질 테니 오히려 여기서는 물러나는 것이 맞다고 생각한 것이다.

"크아아악!"

그래, 저 고통이 가득 찬 비명만 아니었다면 이대로 물러나 객관을 빌려 푹 쉬고 나서 다시 찾아오려 했다.

비명은 그것이 끝이 아니었다. 오히려 그것을 시작으로 사방에서 들려오기 시작했고, 비명과 함께 피비린내가 점차 퍼져 나오기 시작했다.

"무슨 일이……?"

의선문이 아무리 의원답게 피와 비명이 끊이지 않는다고는 하지만 이 비명과 혈향은 치료 과정에서 나오는 부산물이 아니라는 것쯤은 누구나 알 수 있었다.

누가 보더라도 무슨 일이 벌어진 상황이었다.

"들어간다! 따라와!"

"아가씨!"

"이보시오!"

정문에 모여 있던 그들 중에서 가장 먼저 움직인 것은 무설이었고 그 뒤를 따른 것은 패천방의 호위들이었다. 수문위사들은 마지막까지 움직이지 못했다.

"제길! 이문은 날 따라오고 너희는 각각 관아와 팽가의 지부로 가라! 습격이 있다고 전하고 지원을 부르도록!"

위사장의 고함을 끝으로 위사들이 흩어졌다. 남은 것은 언제나 닫히지 않던 커다란 대문이 전부였다.

*　　　*　　　*

밤늦은 시간, 왕진을 다녀온 서이령은 의선문에 불이 났다는 소식에 경공을 사용해 가며 의선문으로 돌아왔다. 그녀가 돌아왔을 때는 이미 불길은 잡힌 상태였지만 불보다도 무서운 것들이 의선문을 지배하고 있었다.

"피하셔야 합니다!"

피를 토하는 외침을 뒤로하고 내달렸다. 숨이 턱까지 차오르고 주변에 함께 움직이던 사람들은 매 걸음마다 한 명씩, 또는 두세 명씩 사라져 갔다.

그리고 모두 오직 하나의 말만을 남겼다.

"아가씨, 도망치세요!"

무수한 백의 무사들이 희생하는 단 하나의 이유는 그녀가 바로 당대 의선문주의 손녀이기 때문이었다. 흑단 같은 머릿결은 흐트러져 재와 피에 더럽혀졌고 새하얀 백의는 흙과 먼지, 그리고 피로 얼룩졌다.

"쫄랑쫄랑 잘도 뛰는구나!"

이번에는 바로 옆에서 같이 뛰어가던 중년 무사의 차례였다.

사기 구슬이 쏘아지고 터져 나가며 그 속에서 진한 녹색의 가루가 허공을 뒤덮자 그 자리에 있던 무사가 피를 토하며 쓰러졌다.

"이제 다 도망쳤느냐?"

한두 명씩 줄어들더니 결국 남은 것은 그녀와 호위 세 명이 전부였다. 그에 비해 상대는 처음보다 오히려 늘어나 십여 명이 주변을 둘러싸고 있었다.

뒤는 불길이 완전히 사그라들지 않은 전각의 잔해가 길을 막고 있고, 앞에는 저 흑의인들이 서 있다. 도망칠 길은 어디에도 없었다.

"죄송합니다, 아가씨."

고개를 떨구는 호위들의 사죄를 들으며 마지막 남은 희망마저 사라지는 것을 확인하고 그녀 서이령은 고개를 들었다. 반듯이 편 허리와 고개는 절망적인 상황과 어울리지 않는 당당함이 깃들어 있다.

"아니에요. 여러분은 최선을 다해주셨습니다."

절망적인 상황이었지만 품위는 잃지 않았다. 적어도 추한 모습을 보이지 않겠다는 자존심이었지만 그저 그뿐이다.

지금의 상황에서 마지막 분투 외에는 그녀가 손을 쓸 방법이 없었다.

다만 하늘은 그녀를 버리지 않았다.

"이것들은 뭐야?!"

"저리 꺼져라!"

갑작스런 무인들의 난입에 기존에 그들을 둘러싸고 있던 흑의인들이 당황했다. 양쪽 모두 흑의를 입고 있었지만 얼굴과

손까지 천으로 덮어버린 자들과 그렇지 않은 자들이기에 구분은 쉬웠다.

"거기! 멍하니 있지 말고 도와!"

높고 날카로운 고음이 울려 퍼지고 급변한 상황에 적응하지 못하던 의선문의 무인들이 그제야 움직이기 시작했다.

"어디서 온 누구인지는 모르겠지만 고맙소!"

"인사할 시간이 있으면 일단 싸워!"

달려드는 괴한의 독조를 걷어내며 선두에 선 여성은 매섭게 상대를 몰아쳐 갔다.

그리고 함께 난입한 십여 명의 무사들도 상당한 무위를 뽐내며 일거에 상황을 역전시켰다.

괴한들은 흑의인들의 공격에 조금씩 밀렸고, 곧 승리를 얻어낼 수 있을 것 같았다.

하지만 그게 전부였다.

싸움 소리를 듣고 모이는 것인지 점차 시야 바깥에서 몰려드는 괴한들이 있었다.

"아가씨! 조금 더 지체하면 포위당합니다!"

그 말처럼 이미 주변은 놈들로 가득했다. 그나마 아직은 듬성듬성 포위망에 구멍이 뚫려 있었지만 조금만 더 시간을 끈다면 그 구멍도 없어질 것이 분명했다.

"그럼 일단 이놈들을 어떻게 좀 해봐!"

분명 개개인의 실력은 패천방의 무사들이 더 뛰어났다. 괴한들은 기괴한 무공과 독을 사용하였는데 숙련도 자체는 그리 높지 않았다.

무인으로서는 이류, 하지만 괴한들의 숫자와 끈질김은 패천방의 무사들을 좀먹고 있었다.

마치 거미줄에 걸린 나방처럼 발버둥 치면 칠수록 점점 줄에 묶여가는 모습이었다.

"그 녀석은 대체 어디 있는 거야?"

무설이 눈앞의 괴한을 쓰러뜨리는 것과 함께 포위망이 완성되었다.

七. 영지

불은 숙소까지 번지지 않았지만 불보다도 더 심각한 것이 숙소에 나타났다.

기분 나쁜 기운을 흘리고 다니는 흑의인들이었다.

흑의인들은 기척을 죽일 생각도 없이 숙소로 침입해 들어왔다.

"독 풀린 것도 모르고 잘들 자는군. 그대로 황천으로 보내주자고."

"하나는 깨워서 좀 가지고 놀면 안 됩니까?"

"영지(靈地)까지 작업하려면 빠듯하니까 그냥 바로 나와."

목소리를 죽이기는커녕 자기들끼리 농을 던져가며 숙소로 들어온 놈들이었지만 누구도 반응이 없었다.

어지간히 깊이 잠들어도 저런 소음이라면 일어날 만도 한데 일어나는 사람이 없었다.

'독이 아니라 수면제였나?'

어쨌건 약물 내성이 심각하게 높아진 자신의 몸에는 듣지 않았다. 그거면 충분했기에 단사천은 잡생각을 멈추고 집중했다.

'수는 여덟, 거리는… 조금 먼가.'

매우 다행히도 자신보다 문에 가까운 곳에서 묵은 사람은 없었다.

즉 이 건물에서 아직까지 희생자는 나오지 않았고 앞으로도 나오지 않을 것이다. 여기서 사라지는 건 단사천이 아니라 저쪽이었으니까.

'셋, 둘… 지금.'

자단목으로 만들어진 문이 깨끗하게 베어지며 그 너머가 드러났다.

"카하아악!"

"끄억!"

"뭐, 뭐야!"

정적을 가르는 일섬이다.

팔에서 눈으로, 그리고 다리를 지나 다시 팔로 이어지는 선이 단 한 번에 네 명의 괴한을 전투 불능으로 만들었다.

그리고 상대가 반격할 시간도 주지 않고 다음 검격이 이어졌다.

"뭐… 냐!"

말이 끝나기도 전에 얼굴을 갈랐다. 검은 선은 그대로 옆에서 어정쩡한 자세를 취하고 있는 괴한 하나를 더 집어삼키고야 멈추었다.

최초의 일격에서 단 한순간, 찰나라는 말이 어울리는 일격이었다.

"역시 조금 머네."

첫 일격에 당한 괴한들이 이제야 쓰러졌다. 여덟 명 중 여섯 명이 차례로 쓰러지고 남은 둘도 허벅지와 가슴팍에 얕은 상처를 입고 있었다. 압도적인 무력 차였다.

"넌 뭐냐?"

"이런 놈이 의선문에 있다는 소리는 못 들었는데?"

방금 전까지 사람의 목숨을 놓고 농담을 던지던 괴한들은 눈앞에 나타난 고수에 당황하면서도 경험에 따라 움직였다. 기습이다.

갑작스런 상황이지만 익숙하게 뒷걸음질로 거리를 벌리고 암기를 던졌다.

"거리 벌려!"

허리춤에 손이 닿았다. 안에 있는 것은 각종 독이 담긴 사기 구슬, 어지간한 고수도 죽어 나자빠질 극독도 있었다. 하지만 손에 잡히지 않았다. 아니, 그전에 손목에서 격통이 올라왔다.

"내, 내 손이!"

손목 윗부분이 비스듬히 잘려 나갔다. 잘려 나간 손은 그대로 허리춤에 덜렁거리며 매달려 있다. 고통이 공포를 동반했다.

등을 돌려 도주를 선택한 괴한들은 시야가 급격히 흔들리는 것을 느끼고는 곧 의식이 끊겼다.

털썩!

몸에서 떨어져 나간 머리가 허공을 돌다 떨어졌다. 독과 불을 써서 무고한 사람들까지 휘말려 들게 하던 자들이다.

죄책감을 느끼기에는 사람으로서의 질이 너무 떨어졌다.

"이거 그냥 놔두고 가면 안 될 거고."

검에 묻은 피를 털어내고 밖으로 나서려다 이내 생각이 미쳐 발걸음을 멈추었다.

개인의 안전을 위해서라면 이대로 밖으로 나가 기회를 보다 탈출하는 편이 좋겠지만, 독에 당한 사람들은 아직도 방에 누워 있었다.

그다지 강한 독은 아니었고 단순한 수면제에 불과한 것 같았기에 죽을 걱정은 없었지만, 다시 괴한들이 들이닥칠 것은 걱정해야 했다.

아직까지 단사천을 제외한 누구도 온전한 정신을 차린 사람이 없었다.

"음, 깨어나도 너무 놀라지 말아요."

그렇게 중얼거리곤 각 방에 시체를 하나씩 던져 넣은 뒤 방문객들의 위에 피를 칠했다. 가벼운 위장이다. 물론 엉성하기는 했지만 하지 않은 것보다는 나았다.

"그럼 나가볼까."

나가기 전 일단 기감을 키워 주변을 살폈다. 그러다 한 가지 사실을 깨달았다.

"누가 싸우고 있는 건가?"

이제는 거의 반경 수십여 장에 이르는 거대한 감지 범위 내에 습격자들의 것으로 추정되는 기가 잡혔다. 그 기는 한곳으로 몰리고 있었는데, 그곳에는 이미 상당한 기척이 밀집해 있었다. 아마도 의선문의 무인들이 모여 버티고 있는 듯했다.

꽤나 잘 버티고 있는 것 같기는 하지만 상대가 너무 많았다. 아마 곧 파국을 맞이할 것 같았다.

심정적으로는 이대로 저 괴한들이 몰려가는 걸 기다렸다가 적당히 도주로가 마련되면 그대로 나가고 싶었다. 불현듯 떠오른 송수일의 얼굴과 그가 무양자를 부르던 '형님'이라는 호칭이 아니었다면 그랬을지도 몰랐다.

"오래 살려면 성격부터 좀 고쳐야 할지도 모르겠다."

안위와 안전을 위해서 적당히 불의를 보고도 지나칠 줄 알고 눈을 감을 줄도 알아야 하건만 하는 생각은 한숨으로 털어냈다. 결정했으면 움직여야 했다.

전각 밖으로 나서자 상황은 예상과 크게 다르지 않았다. 곳곳에서는 혈향이 배어나오고 있었고 아직 완전히 잡히지 않은 것인지 아니면 다시 살아난 건지 알 수 없는 불길이 곳곳에서 어둠을 밝히고 있었다.

싸움이 벌어지고 있는 곳까지 이동하며 단사천은 전각들이 만들어내는 그림자에 몸을 숨기고 근처를 지나가는 습격자들을 베어 넘겼다.

정파, 그것도 점창파 같은 대문파의 제자라고 보기 힘든 싸움 방식이었지만, 이런 자들에게까지 예의를 차릴 필요는 없었다.

무엇보다 이렇게 움직이는 편이 안전하고 확실했기 때문에 단사천은 거리낌 없이 습격자들을 역으로 사냥하며 목적지까지 움직였다.

'지금이라도 빠져야 할까?'

한두 명씩 지나가는 괴한들을 베어 넘기며 목적지에 가까워질 때까지 그런 생각이 계속해서 들었지만 이내 정신을 다 잡고 발을 놀렸다.

처음부터 그리 먼 거리는 아니었기에 금방 도착했다.

문제라면 겨우 이십여 장 거리를 움직이며 스무 명가량의 습격자를 베었다는 것이다.

습격자가 너무 많았다.

습격자들이 몸을 숨기지 않고 있는 탓도 있었지만 그런 것을 감안해도 숫자가 상당했다.

목적지에 도착한 지금도 의선문의 생존자는 보이지 않고 그들을 둘러싼 흑의의 괴한들만이 시야를 가득 메우고 있었다.

당초 생각한 것 이상의 숫자였다. 기감으로 어느 정도는 확인했지만 기척이 너무 한곳에 몰려 있어 숫자를 파악하지 못했기에 생긴 실책이었다.

결국 도착하고 나서도 나서지 못한 채 기회를 엿보았다. 그리고 곧 기회는 왔다.

"모여라! 영지에 오른다!"

내원의 중심에 위치한 바위산 쪽에서 날카로운 음성이 들리자 흑의인들 중 절반에 가까운 수가 그쪽 방향으로 달려간 것이다.

남은 숫자도 상당했지만 포위망 너머로 보이는 생존자들이 드문드문 보이는 정도까지는 줄었다. 움직일 만한 상황이 되었다.

격렬하지만 아직 안쪽의 상황은 심각한 수준까지 가지 않았고, 흑의인들이 차륜전으로 저항하는 무인들의 힘을 빼고 있는 모양새였다.

덕분에 단사천은 일격을 확실히 선사할 수 있는 거리까지 도달했지만 그와 함께 뒤로 빠져 있던 적과 눈이 마주쳤다.

"적이다!"

거리가 거리이니 만큼 은신술이나 잠행술을 배운 적이 없는 단사천으로선 지금껏 발견되지 않은 것이 오히려 신기할 정도였다. 하지만 너무 늦었다.

검은 선이 불길이 만들어낸 빛을 지우며 허공을 달렸다.

가장 먼저 단사천의 접근을 알아차린 흑의인과 그 옆에 서 있던 세 명의 허리 중심을 베어 쓰러뜨렸다.

"고수다!"

대응은 빨랐다. 기습의 묘를 살리기도 전에 이미 흑의인들은 휴식을 위해 빠져 있던 인원을 움직여 단사천에게 보냈다.

뒤를 잡힐 때까지 몰랐다는 것과 고수라는 외침을 생각하며 상당한 살상력을 지닌 독을 뒤를 도는 것과 동시에 뿌렸다.

누군가는 산공독을 뿌렸고 누군가는 단순히 살상력을 높인 독을 뿌렸다.

나쁘지 않은 연계였지만 문제가 있었다.

"독이 안 먹힌다고?!"

"자, 잠깐!"

독을 주 무기로 한다는 것, 그것이 그들의 가장 큰 문제였다.

해독의 난해함과 살상력이라면 천하에서 한 손에 꼽히는 절형독을 들이마시고도 멀쩡하던 단사천이다. 즉효성에 주안점을 두고 개발한 독은 시야를 잠시 가리는 것 이상의 영향을 주지 못했다.

한 걸음 걸을 때마다 두세 명씩 흑의인들이 쓰러졌다. 목숨을 잃거나 그렇지 않거나 모두 다시 일어날 수 없을 정도의 중상이었다.

그렇게 포위망의 한 축을 완전히 와해시키자 주변을 둘러싼 흑의인들과는 약간 다른, 하지만 어딘가 익숙한 흑의무사들이 의선문의 무사들과 섞여 있다.

"어? 단 공자!"

그리고 무사들 사이에서 모습을 드러낸 것은 두 명의 여성이었다.

"왜 여기 있으십니까?"

당황한 중에도 기감을 누그러뜨리지는 않았다. 말을 하는 도중 뒤로 돌아온 적을 베어내고 말을 마친다.

"우연이라고 하면 안 믿겠죠? 예, 따라왔어요."

당당하게 답한다. 말하는 와중에도 사방에서 밀려오는 적을 상대하고 있었기에 여유는 없어 보였지만 당당함이 사라지지는 않았다.

"일단 상황부터 정리하고 얘기합시다!"

잠시 당황한 마음을 의식 밑으로 침전시키고 눈앞의 적에 온 신경을 집중했다. 무광검도의 초식에 의식을 집중하고 내공을 이끌었다.

허리를 튕겨 검집에서 뽑을 검과 적 사이를 직선으로 만들고 검집을 당기며 검을 뽑았다. 상대가 보호하지 못할 곳을 노리고 검을 베어갔다. 그와 함께 내공이 혈도를 질주했다. 단사천이기에 가능한 속도이고 단사천이기에 가능한 파괴력이었다.

수만금을 들여 만들어낸 육신이기에 이렇게 광폭한 내공의 운용이 가능했고, 이토록 험악한 자세로도 부상을 입지 않을 수 있었다.

그렇기에 무광검도는 섬전보다 빠르게 적을 베어갔다.

터엉!

뭉툭한 소리와 함께 중간에 끼어든 상대의 철조(鐵爪)가 깨지고 최단의 선을 내어주었다. 곧이어 철조의 주인이 베이고 검격의 사거리 내에 있던 자들이 모두 오체(五體) 중 한 곳을 잃었다.

그것으로 끝이 아니었다. 반동을 이용해 납검하지 않고 그대로 다음 선을 이었다.

벴다. 이었다. 벴다.

단순한 작업의 반복이다. 하지만 누구도 눈으로 따라잡을 수 없는 속도였다.

열한 번째의 검로가 허공을 가를 때 겨우 처음 벤 자들이 고통의 비명을 내지르며 쓰러졌다. 지금의 단사천이 낼 수 있는 최고 속도의 검이었다.

"뭘 꾸물거립니까! 지금입니다!"

이미 한 번 저 광경을 본 패천방의 무사들은 여전히 넋이 빠져 있는 의선문의 무사들을 다그치는 한편 단사천의 무위에 질려 있는 적들을 향해 쇄도했다.

차륜전과 독 탓에 지치고 상처는 입었지만 그래도 의선문의 무사들처럼 처음부터 극독에 노출된 것은 아니었기에 거의 일대일의 정면 대결이 된 지금은 그리 밀릴 것도 없었다.

독이 흑의인들의 무력에서 차지하는 비중이 상당했으니 독이 통하지 않는 단사천의 합류는 치명적이었다.

결국 결착이 나기까지는 그리 오래 걸리지 않았다. 의선문의 무인들이 상대하던 마지막 남은 흑의인이 바닥에 쓰러졌고, 패천방과 의선문의 무인들 모두 지친 몸을 그대로 바닥에 뉘였다.

큰 상처는 없지만 자잘한 상처가 많았고 몇 가지 독에도 중독된 상태였다. 체력이나 내공 모두 이미 바닥을 보이고 있었다.

"소녀가 모두를 대신해 감사드립니다."

마지막까지 주변을 둘러보고 나서야 기감을 거둔 단사천에게 가장 먼저 말을 걸어온 이는 서이령이었다.

상처는 없어 보였지만 지친 것은 그녀도 마찬가지였다. 전투 도중 지혈이 필요하거나 독을 중화시키기 위해 후방으로 빠져 있던 무인들을 돌본 것이 그녀였다. 그 때문에 백의는 피와 먼지로 얼룩져 있었다.

"아뇨. 해야 할 일이었습니다. 그런데 혹시 송수일 선배님이 계신 곳을 아십니까?"

본심과는 상당히 동떨어진 답이었지만 겸양으로서는 이만한 것도 없었다. 그리고 본심을 드러내 봐야 좋을 것이 없었다.

단사천은 당초의 목적을 꺼냈다. 애초부터 움직인 이유가 그것이다.

"집약당주님 말씀이신가요? 그분이시라면 내원에서 경비를

서는 무사들을 지휘하러 가셨습니다."

기대를 깨버리는 대답이 돌아왔다. 내원이라면 이 습격의 지휘자가 있는 곳이고, 동시에 무수한 흑의인들이 몰려간 곳이다.

결국 당초의 목적에 대해 고민하던 단사천에게 서이령의 말이 들려왔다.

"저… 죄송합니다만, 청이 한 가지 있습니다. 소협의 의기에 기대어도 괜찮겠습니까?"

애절한 부탁이다. 울음기 섞인 목소리는 뭇 남성의 심금을 뒤흔들 정도였지만 그 반대에 놓인 것이 자신의 안전이라는 점에서 단사천은 한없이 차가운 남자가 되어 있었다.

당초의 목적에 미녀의 부탁이 더해진 정도로는 고민이 멈추지 않았다.

"사례는 충분히 하겠습니다. 그러니 한 번만 더 도와주시기 바랍니다."

이제는 숫제 절을 할 정도로 허리를 숙이는 서이령이다. 매몰차게 거절할 수도 없었다. 더욱이 방금까지 드러누워 있던 의선문의 무사들도 그 옆에서 허리를 숙여왔다. 못해도 불혹의 나이는 되어 보이는 두 사람이 그러고 있으니 더더욱 마음에 불편함이 생겨났다.

"도와주는 게 어때요?"

무슨 생각에서인지 옆에서 무설이 거들어왔다.

"지치지도 않았죠? 다치지도 않았고. 거기에 다른 곳도 아니고 의선문에 은혜를 입힐 기회인데 뭘 그렇게 고민해요?"

맞는 말이었다. 점창에서 가르친 협(俠)에 비추어 봐도 그랬고 경전에서 읽은 의(義)에 빗대어 봐도 그랬다. 그렇지만 거기까지라면 당연히 단사천은 고민을 거듭하다가 마지막에 거절했을지도 몰랐다.

'의선문에 은혜?'

단사천의 고민이 멈춘 것은 그 부분이었다.

천하제일의 의원과 약재가 모여드는 곳이다. 언제 어떻게 의원, 그것도 어의 수준의 명의가 필요할지 몰랐다. 다만 문제라면 지금의 위험과 미래에 있을지 모를 위험을 교환해야 한다는 점이다.

"그리고 우리도 따라갈 거예요. 적어도 등 뒤에서 칼침 맞을 걱정은 안 해도 좋아요."

"그래 주시겠어요?"

무설의 말에 서이령이 놀란 얼굴로 답했다. 일류 무인 열셋, 지치고 다치긴 했어도 상당한 전력이다. 기뻐하는 것도 당연했다.

"예, 대가는 두둑하게 받아낼 거지만요."

"물론입니다. 최대한의 사례를 약속드리겠어요."

짧게 대화를 끝낸 두 미녀의 시선이 단사천에게 향했다. 더 이상은 고민할 여유도 이유도 없었다.

"예, 알겠습니다."

단사천의 동의가 나오긴 했지만 문제는 이제부터 시작이었다. 그리고 그때 패천방 무사들 가운데 가장 연장자로 보이는 사내가 나섰다.

"움직이기 전에 몇 가지 말해도 괜찮겠습니까?"

무설에게 허락을 구하는 것 같았지만 시선은 단사천을 향해 있었다. 자신의 절반도 안 되는 나이라고 무시하는 것이 아니라 단사천이 지닌 강함만을 기준으로 삼고 대하는 태도였다.

"예, 말씀하시죠."

단사천은 계획이나 확인 없이 움직일 정도로 혈기가 넘치지도 않았고, 앞뒤 분간 없이 날뛸 정도로 망종이지도 않았다. 경험을 쌓은 사람의 발언은 환영이었다.

"일단 저희가 어떻게 움직일지 그걸 먼저 결정해야 합니다. 이곳으로 오기 전 만난 의선문도 가운데 몇몇이 인근 문파로 연락을 취했으니 곧 사람들이 올 겁니다. 그걸 기다릴지 아니면 이쪽에서 치고 올라갈지 말입니다."

단사천의 심정으로는 당연히 전자를 원했지만 서이령과 무설은 후자로 기울어져 있는 것이 확연히 보였다.

무설은 이번 기회에 의선문이라는 대문파이자 덕망 높은 문파에 제대로 은혜를 입히는 것이 목적이었고, 서이령은 한시라도 빨리 이 상황을 정리하고 문파의 중심부인 내원에서 벌어지는 사태를 마무리 짓고 싶어했다.

"양쪽 모두 장단점이 있습니다. 천천히 주변에 고립된 의선문도들을 모으면서 지원을 기다리는 것은 안전하고 확실하지만 내원에서 어떤 일이 벌어지는지 알 수 없다는 문제가 있습니다."

안전하고 확실하다. 단체 행동에 있어서 그만큼 중요한 요소도 없었다. 하지만 언제나 그렇지만도 않았다.

"그리고 이대로 내원으로 진입하는 것은 불확실하고 위험합니다. 적들의 숫자도 무위도 제대로 파악된 것이 없고 잘못하다가는 내원에 있는 적과 바깥의 적들 사이에 포위될 가능성도 있습니다. 물론 내원에 고립된 의선문도들과 합류한다면 상황은 나아질 수 있습니다만… 어쩌시겠습니까?"

말끝을 흐리며 주위로 시선을 돌린 패천방의 무사를 보며 고민하는 것은 단사천뿐이었다. 나머지는 모두 위험과 안전 사이에서 저울질을 끝내놓고 있었다. 그리고 패천방의 무사도 그걸 바로 파악했다.

"…고민이 길어지는 것 같으니 제가 제안을 하나 하겠습니다."

두 가지 중에 결정할 수 없다면 다른 대안을 만들어내면 된다.

"저희 패천방 무사들과 의선문에서 길을 안내할 인원 한 명 정도, 그리고 단 공자까지 내원에 진입하고 나머지 의선문도들은 흩어진 의선문도들을 규합해 뒤이어 올라올지 모를 적들을 상대하는 것입니다."

이것도 완벽한 답은 아니다. 두 방법을 조화시키기는 했지만 무력의 분산이라는 위험을 품고 있다. 양쪽 모두 실패할 가능성도 무시할 수 없었다.

하지만 그나마 현실적인 제안이기도 했다. 사실 내원과 외원 둘 모두 가만 놔둘 수는 없었다.

"그걸로 가죠. 더 늦으면 구해낼 사람도 없어질 것 같은데."

무설의 지적에 의선문도들의 얼굴에서 색이 사라졌다.

잠시 잊었지만 지금 그들에게 중요한 것 중에는 시간도 있었다.

내원, 저 바위산 위에 고립된 인원이 얼마나 더 버틸 수 있을까 하는 것도 고려해야 할 문제였다.

단사천의 눈에도 나름 결연한 빛이 떠올랐다. 어차피 맞을 매라면 빨리 맞는 게 낫다고 선인들도 말하지 않았던가?

물론 송수일이 저 위에 없다면 맞을 일도 없던 매이기는 하지만 어찌되었든 송수일이 그에게 보여준 호의나 무양자와의 인연을 생각할 때 구하지 않을 수 없는 노릇이었다.

거기에 본의는 아니지만 단사천은 이 자리에 있는 누구보다도 강했고 상황도 파악하고 있었다.

자신의 참여가 고립된 인원의 구출에 상당한 영향을 미친다는 것을 부정할 수 없었다.

결국 올라가야 했다.

그 사실이 결연한 눈빛이 무색하게 무거운 한숨을 만들어내고 있었다. 옆에서는 무설이 그 모습을 보며 남몰래 웃고 있었지만 한창 심란한 와중인 단사천에게는 보이지 않았다.

"갑시다."

힘없는 말로 일행을 재촉했지만 바로 출발로 이어지지는 않았다.

"저, 저도……."

움직이려는 일행을 붙잡은 건 서이령이었다. 하지만 그것은 끝까지 이어지지 못하고 곧바로 부정당했다.

"죄송합니다만 소저까지 저희를 따라와서는 안 됩니다. 후방에서 문도들을 규합하기 위해서는 구심점이 필요합니다. 서 소저같이 의선 어르신의 손녀라는 알기 쉬운 구심점은 저 위보다는 후방에 필요합니다."

"내원에 모여 있는 분들에게 여러분이 저희와 같은 편이라는 걸 알리려면 제가 가는 편이……."

"그걸 위해서 길잡이 겸 의선문도 한 명이 동행하는 겁니다. 걱정되는 마음은 알겠지만 소저가 있어야 할 곳은 저 위가 아닙니다. 그리고 아가씨도 마찬가지입니다. 서 소저와 같이 계시도록 하십시오."

"에? 나도?"

"당연합니다. 아가씨에게 무슨 일이라도 생겼다가는 저희 모두 살아도 산 목숨이 아닐 테니까요."

무사의 말에는 일말의 정도 찾아볼 수 없었지만 그만큼 도리에 맞는 말이었다. 적아의 식별을 위해 의선문도 하나가 동행하면 되었다.

서이령과 무설이라는 짐을 지고 산을 오르기에는 어떤 상황이 펼쳐질지 알 수 없었다.

당연히 무사의 눈에 새겨진 냉정함과 단호함은 흔들리지 않았다.

"그리 높지 않은 데다가 바위산인지라 엄폐물도 없습니다. 아마 저쪽에서도 우리가 올라간다면 바로 발견할 겁니다. 그러니 약간 작전을 짜겠습니다."

그리고 잠시 후 총 열넷, 열두 명의 패천방도와 한 명의 의선문도, 그리고 단사천으로 이루어진 일행이 바위 그림자 속으로 사라졌다.

*　　*　　*

의선문의 내원은 바위산이다. 높은 편은 아니기에 좀 큰 동산 정도로 생각해도 될 정도이다.

별로 특별할 것 없어 보이는 바위산이지만 의선문이라는 대문파가 이곳을 중심으로 세워진 데에는 이유가 있다.

바위산의 정상에는 새하얀 바위가 하나 존재했다.

의선등천지암(醫仙登天之巖).

의선문의 개파조사이자 삼백여 년 전의 의원이자 무인이던 의선 서명이 깨달음을 얻고 우화등선했다는 전설이 있는 곳이다.

그것만으로도 이 바위산은 특별한 의미를 지니지만 더욱 중요한 것은 그것이 아니었다.

영험한 기운이 흐르는 땅을 지맥이라 부른다. 그리고 지맥을 따라 흐르는 기가 모이고 그것이 분출되는 곳, 그곳을 영지라 부른다. 의선문의 내원이 바로 영지였다.

주변에 비해 기의 밀도가 우월하기에 무공 수련에 도움을 주며 약의 제조에도 도움을 준다.

영약에 이르러서는 바위산에 위치한 창고에 보관하고 관리하는 것만으로도 더욱 큰 효과를 얻을 수 있었다. 그렇기에 이곳은 의선문 내원으로서의 기능을 하며 수십여 명의 무사가 경계를 멈추지 않는 곳이었다.

덕분에 이번 습격에서도 의선문의 어느 곳보다도 조직적으로 방어가 이뤄지고 있는 곳이기도 했다.

"버텨라! 조금만 더 버티면 주변 문파에서 지원이 올 것이다! 조금만 더 버티면 된다!"

의선문의 둘뿐인 무력 단체 중 하나인 청낭대의 대주가 점차 지쳐가는 무사들을 독려하며 외쳤다.

청낭대주 본인도 지치고 상처 입은 상태였지만 외침에는 힘과 확신이 깃들어 있었다.

의선문이 지금까지 쌓은 덕과 인망을 믿는 것이고, 그건 내원을 지키고 있던 삼십여 명의 무사도 마찬가지였다.

'조금 늦을지 몰라도 지원은 분명 온다. 그러니 버티고 버티면 그걸로 족하다.'

이것이 그들의 공통된 생각이었다. 당장 그리 멀지 않은 곳에 팽가의 지부가 있었고 개방의 분타도 있었다.

조금 더 멀리 떨어진 곳에는 그보다 많은 문파의 지부들이 존재하고 있었다.

이미 한 시진 가까운 시간을 버티고 있으니 이제 얼마 지나지 않으면 인근 문파에서의 지원이 도착할 것이 분명했다.

그리고 다행히도 상대는 독술과 합격진에 능하기는 했지만 개개의 무력은 강한 편이 아니었다. 어느 정도는 더 버틸 수 있을 것 같았다.

"꿈이란 좋은 거지. 그게 좀 헛되더라도 말이야."

하지만 그것은 바람에서 끝났다. 귀독의 등장과 함께 그들의 기대와 목적이 무너져 내리기 시작했다.

귀독의 소매에서 시작된 검은 연기가 지나가는 자리마다 죽음이 넘실거렸다.

피아를 구분하지 않는 강력한 독이었다.

"얼쩡거리다가 죽지 말고 비켜라!"

처음부터 적아를 구분하지 않고 펼쳐지는 살수에 포위망이 일그러지지만 귀독은 그런 것 따위는 상관하지 않고 움직였다.

어차피 목적은 영지 그 자체에 있지 의선문도들에 있는 것이 아니었다. 도망치든 죽든 그건 귀독과는 관계없는 일이었다.

이내 포위망은 완전히 일그러졌지만 신경 쓸 필요가 없었는데, 더 이상 저항할 수 있는 자들이 없기 때문이었다.

겨우 네 번, 귀독의 네 수에 십여 명의 의선문도가 목숨을 잃었고, 그만큼의 의선문도가 바닥에 쓰러져 죽음을 기다리고 있었다. 나머지도 싸움을 지속할 능력이 없었다.

"법구(法具)를 가지고 와라!"

귀독이 뒤로 물러나 있는 흑의인들을 향해 손을 내밀자 이내 무리에서 한 명이 달려나와 귀독의 손에 범어로 뒤덮인 쇠막대 하나를 건넸다.

"음, 좋아. 그러면 맥이… 아, 저기군."

새하얀 바위 등천지암에 오른 귀독은 마기를 끌어올린 뒤 쇠막대를 그대로 박아 넣었다.

카드득!

바위가 소음과 함께 깨졌다. 그리고 그 사이로 쇠막대가 끼워지고 불길한 검은 빛이 넘실거리기 시작했다.

"너희는 등혈단 한 알씩 먹고 여기다 마기를 불어 넣도록 하라. 음, 한 열다섯 명 정도면 되겠군. 너희 삼 조가 먹어라."

귀독이 가볍게 말하는 등혈단은 그리 가벼운 약이 아니었다.

이름 그대로 피를 끓게 만들고 몸 깊숙한 곳에 자리 잡은 진원진기를 강제로 끌어올려 복용한 자를 한순간 초인으로 만드는 약이었다.

다만 문제가 있었다.

진원진기를 자극하기 위해 피를 끓게 하는 과정에서 생기는 고통은 함께 복용하는 마약으로도 지워낼 수 없을 정도

이며, 설령 고통을 참아낸다 할지라도 진원진기를 강제로 끌어낸 이상 마지막에 기다리는 것은 피할 수 없는 죽음뿐이었다.

"예!"

"명을 받듭니다!"

하지만 답하는 자들의 목소리에는 기쁨이 가득했다.

죽음이 기다리고 있는 것을 모르는 것이 아니었다. 그들도 등혈단이 무엇인지 알고 있었다. 하지만 그럼에도 그들은 기쁘게 답하고 선택되지 못한 자들은 그들을 부러움에 가득한 눈으로 바라보고 있었다.

"피의 이름으로!"

"피의 이름으로!"

아무 이유 없이 그들이 마교라는 명칭으로 불리는 것이 아니었다. 바로 이런 것 때문에 그들이 마교라 불리는 것이었다.

목숨조차 쉽게 버리는 광신도들의 집단이기에 그것을 두려워하며 경멸하며 마교라 부르는 것이었다.

"잘들 먹는군. 자, 그럼 어서 일을 해라."

광기와 마약의 힘이 고통을 지워내고 곧 흑의인들이 움직였다.

이미 마기를 흘리고 있던 쇠막대 주변에 모여든 그들은 그대로 전신에서 끓어오르는 모든 것을 쏟아 넣었다.

단전에 가득한 마기와 육신에 가득한 독기가 차례로 쇠막대를 통해 영지에 스며들고 마지막으로는 그들의 생명까지 쇠막대를 통해 영지로 흩어졌다.

쇠막대를 손에 쥔 그대로 말라비틀어진 앞선 자를 보면서도 그들은 두려움 없이 움직였다.

시체를 밀어내고 그 자리를 차지한 뒤 같은 행위를 반복했다. 그리고 그와 함께 점차 주변에 가득하던 영기(靈氣)의 성질이 변하기 시작했다.

산천초목을 품고 그들의 생명을 북돋던 기운에 불순물이 섞이기 시작했다.

"이런, 덕분에 편하게 올라오긴 했다만… 역시 느낌이 안 좋더라니."

한쪽에 몰려 있던 흑의인 대여섯 명이 등 뒤에서 솟아난 검에 베여 쓰러졌다. 쓰러지는 자들 뒤로 모습을 드러낸 것은 패천방의 무사들이었다.

귀독과 환마지주대가 의식을 시작하고 약간의 시간이 지난 시점에 도착한 그들은 의식에 주의가 쏠린 틈을 타 습격을 가한 것이다!

"패천방 떨거지들인가? 하긴 너무 쉽게 풀려도 재미가 없지. 놀아주마."

의식을 보며 웃고 있던 귀독의 웃음이 사라졌다.

절정에 이르려는 순간을 방해받은 마인은 마기와 독기를 아낌없이 풀어내며 패천방의 무사들을 향해 다가갔고, 그 때문에 뒤에서 일어나는 일을 신경 쓰지 못했다.

패천방의 무사들을 향해 뛰어오른 순간 등줄기를 달리는 거대한 존재감이 있었다.

스아악!

압도적인 힘을 지닌 거인이 개미를 짓누르는 것 같은 환상과 함께 귀독의 신형이 허공에서 뒤집혔고, 귀독은 검은 하늘에 희미하게 남은 궤적을 볼 수 있었다.

"…네놈이 감히!"

허리가 약간 베이기는 했지만 큰 상처는 아니었다. 귀독이 당황한 것은 그것 때문이 아니었다. 눈앞에 벌어진 상황에 대한 감상이었다.

총 쉰다섯 명, 방금 패천방의 무사들이 베어버린 여섯 명과 등혈단을 복용한 열다섯을 제외하고도 산봉우리에 서 있던 인원의 숫자이다. 그것이 지금 단숨에 절반으로 줄어들어 있었다.

쿵! 쿵!

환마지주대의 마인들이 쓰러지는 것과 함께 사람의 키만 한 돌도 가로로 베여 옆으로 쓰러졌다. 그 뒤에는 단사천이

서 있었다.

눈앞에 벌어진 일에 모두가 경악을 금치 못했다. 아무리 기습이라지만 단 일격에 이십여 명의 무인이 반응도 하지 못하고 쓰러졌으니 당연한 반응이었다.

다만 가장 놀란 것은 수하들을 잃고 스스로도 목숨을 잃을 뻔한 귀독도, 상황을 보며 기습을 주문한 패천방의 무사도 아니었다.

바로 지금 이 상황의 장본인인 단사천이었다.

단사천은 '가능한 한 많은 적을 벨 것, 단 일격에 전투 불능으로 만들 수 있는 범위 내에서'라는 주문에 따라 움직였다.

패천방과 의선문의 무사들이 시선을 끄는 동안 바위 뒤에서 기회를 노렸다. 막연히 가능할 것 같다고 생각되는 범위에서 신중을 기하기 위해 절반 가까이 범위를 줄인 뒤 베었고, 그 결과가 이것이다.

"……."

피육은 물론이고 곳곳에 서 있던 바위나 정련된 강철로 이루어진 병장기까지 모든 것이 검의 궤적에 따라 베였다.

몸을 가리고 있던 바위가 사라진 자리에서 나타난 단사천의 굳은 얼굴은 그가 만들어낸 참상에 더해져 위압감을 자아내고 있었지만, 본심은 위압감과는 거리가 멀었다.

'뭐야, 이거?'

무양자의 보증이 있었고 비무대회를 관람하고 산적들을 상대하며 단사천 자신이 꽤나 강하다는 것 정도는 알고 있었다. 하지만 이 정도의 상황은 예상 밖이었다.

'아니, 아니지. 침착하자.'

단사천의 굳은 얼굴과 피어오르는 검기의 뒤편에는 그런 내심이 숨어 있었다.

스스로가 만들어낸 참상에 대한 당혹감과 자신의 예상을 벗어난 결과에 대한 정리였고, 그 뒤를 따른 것은 조금씩 피어나던 젊은 혈기와 스스로의 무력에 대한 자신감과 자만심이었지만 그것도 이내 정리가 되었다.

'그만 생각을 하다가 위험해지는 거지. 속지 않아.'

그렇게 되뇌며 본인의 강함에 대한 자신감을 지워 없앴다. 무림이라는 위험하기 그지없는 도산검림의 세계에서 자만은 방심만큼이나 가져서는 안 될 것이었다.

그럼에도 계속해서 내면에서 고개를 들어 올리는 것들을 다시 짓누르고 몸속에 잠든 약 기운 가운데 진정 작용이 있는 것을 풀어내 심신을 안정시킨 뒤 입을 열었다.

"얌전히 항……."

소란스런 상황을 정리하기 위한 권고로써 입을 열었지만 그보다 먼저 귀독이 움직였다.

곧장 무언가를 던진다. 날아든 것은 별로 빠르지도 않은 비수 모양의 암기였다.

"…복할 마음은 없겠지!"

어쩌면 상대는 기가 죽어서 바로 상황을 종료시킬 수도 있다고 생각했지만 역시나 그럴 리가 없었다.

울분을 담아 검집을 거칠게 긁어내며 내지른 검의 궤적에 걸려든 암기는 마치 깨지기 위해 던져진 것처럼 검에 닿자마자 조각나며 그 속에 들어 있는 독을 흩뿌렸다.

파각!

반사적으로 숨을 참고 검을 마구잡이로 내질러 바람을 일으켜 보지만 늦었다. 새하얀 독연은 그대로 단사천을 집어삼켰고, 이내 검이 만들어내던 바람도 멎었다.

*　　　*　　　*

"단 공자!"

패천방의 무사가 소리치며 달려가려 했지만 근처에 쓰러져 바닥을 기고 있던 의선문도 하나가 독연에 닿자마자 실 끊어진 연처럼 쓰러지는 것을 보고는 오히려 물러서야 했다.

"물러서! 거리 유지하고 숨을 참아라!"

"흐흐흐! 인면지주의 독이다. 숨을 참아도 소용없어! 피부에 닿는 것만으로도 전신의 근육이 굳어버리는 명품이니까."

귀독의 말에 자신감이 묻어나왔다. 아무리 단사천이 절형독을 견뎌냈다고는 하지만 인면지주의 독기는 절형독의 그것과 비교할 것이 아니었다.

"흑검과 정면에서 붙을 정도라 조금 걱정했는데 방심하고 거리를 좁혀줘서 고맙다, 청의검협. 시체는 의학의 발전을 위해 사용해 주도록 하지."

'덤으로 흑검도 놀리고 말이야.'

어지간한 독이 통하지 않는 몸도 탐이 나지만 사냥감을 빼앗겼다며 광분할 흑검이 더욱 기대가 되었다.

무심코 흘러나온 비릿한 웃음을 지우고 서서히 흩어지는 독연에 다가서던 귀독은 돌연 한 가지 사실을 떠올렸다.

'잠깐. 쓰러지는 소리가 없었……?'

인면지주의 독은 마비독이다. 전신의 근육을 하나도 남김없이 돌처럼 만들어 버리는 맹독이다.

다만 돌처럼 굳는다고 해도 그전에 힘이 빠져 쓰러져야 한다. 서서 죽는다는 이야기는 옛 설화에서나 나올 뿐 실제로 일어날 수 없는 일이었다.

그건 제아무리 고수라도 예외가 없었다. 하지만 단사천이 쓰러지는 소리는 들은 적이 없다.

갑작스레 떠오른 그 생각에 귀독의 발이 멈추고 흩어져 가는 독연 너머로 시선이 향했다. 거기 있는 것은 희미하게 보이는 인영(人影)이었다.

직감적으로 뭔가 잘못되었다는 것을 파악했지만 거기서 발목을 잡은 것은 지금껏 인면지주의 독에 저항할 수 있던 자가 없었다는 경험이다.

"크윽!"

겨우 일 촌의 차이였다. 바로 발을 옮겼지만 머뭇거린 탓에 허벅지가 검끝에 걸렸다.

"어떻게 그 독을 마시고도 멀쩡한 거지?"

허벅지에서부터 서서히 올라오는 고통이나 무복을 물들이며 흘러내리는 핏물은 관심 밖이었다.

인면지주의 독을 어떤 대비도 없이 뒤집어썼다. 그런 상태에서 아무런 영향도 받지 않고 태연히 반격했다는 사실을 귀독은 믿을 수가 없었다.

완전히 흩어진 독연의 중심에서 단사천이 걸어오는 모습을 보며 귀독은 인정해야 했다.

'만독불침은 아니라고 해도 적어도 인면지주 급으로는 어떻게 할 수 있는 놈이 아니야. 그리고 지금은 가진 것이 없다.'

귀독이 떠올린 것은 어떤 독으로도 해할 수 없다는 만독불침의 경지였다.

물론 귀독이 보유한 모든 독을 단사천에게 시험해 본 것은 아니다. 하지만 적어도 지금 보유한 독으로는 단사천을 상대할 수 없다는 것을 인정해야만 했다.

그렇다고 독이 아닌 암기나 검으로 상대하기에도 그 차이가 명백했다.

부하들이 있기는 하지만 기습에 당한 숫자를 볼 때 부하들도 전력으로 삼기에는 무리가 있었다.

그렇지만 아무것도 할 수 없는 것은 아니었다.

눈을 돌려 영지의 중심이 되는 바위에 꽂힌 법구를 확인하고 단사천과의 거리를 확인했다.

주변에 자리 잡고 있는 부하들의 위치를 확인하고 뒤로 도망치듯 물러서며 단사천을 끌어들인다.

그리고 더 이상 물러날 곳이 없을 때 낭떠러지로 몸을 날린다.

"뽑아!"

콰직!

곧바로 따라온 검격에 수투와 보호대가 박살 나고 손목에서 어깨에 이르는 결코 가볍지 않은 상흔을 남겼지만 목적은 달성했다.

시야 끝에 법구를 뽑아 든 부하의 모습이 보였다.

*　　　*　　　*

새하얀 독연이 사방을 감쌀 때 조금은 긴장했다. 우두머리로 보이는 사내라면 적어도 수하들이 사용하는 것보다도 훨씬 독한 것을 준비해 놓았을 테니까.

그래서 눈을 감고 숨을 멈춘 뒤 호체보신결의 기운을 최대한 끌어올려 만반의 준비를 했지만 이번에도 아무런 이상이 없었다.

단순히 시야를 가리기 위한 연막인가 싶었지만 뒤이어 들려온 귀독의 말에 그 생각도 접어야 했다.

인면지주의 독에 대한 것을 들어본 적은 없었지만 저렇게 자신만만하게 말할 정도라면 어지간한 독은 아닐 것이 분명했다.

'아무런 영향이 없는 건 아닌데.'

이상은 없지만 영향이 없지는 않았다. 피부를 통해 스며든 독기는 이미 준비되어 있던 호체보신결의 진기에 의해 사라졌다. 더 정확히는 잡아먹히듯 흡수되었다는 것이 올바른 표현이다.

너무 많이 복용해 독이나 다를 바 없는 약재들과 인면지주의 독은 다를 바가 없었고, 오히려 체내에 남은 약력과 내공에 의해 중화된다는 점에서 인면지주의 독은 신체 곳곳에 쌓인 약 기운보다도 흡수하기 쉬웠다.

"흑검과 정면에서 붙을 정도라 조금 걱정했는데 방심하고 거리를 좁혀줘서 고맙다, 청의검협. 시체는 의학의 발전을 위해 사용해 주도록 하지."

체내에서 이뤄지는 현상에 잠시 정신을 집중하던 단사천을 다시금 현실로 되돌아오게 하는 말이었다.

조금씩 가까워지는 귀독의 발소리에 잠시 풀어졌던 긴장감이 되돌아왔다.

'집중하자, 집중.'

아직은 검의 사정거리 밖이지만 계속해서 다가오고 있었다. 두 걸음만 더 다가오면 방금 귀독의 반응으로 봐선 충분한 거리를 확보할 수 있었다.

그렇지만 하늘은 온전히 단사천의 편이 아니었다. 미풍이 독연을 밀어냈다.

점차 연기는 옅어지고 그 너머가 어렴풋이나마 보이는 상태가 되자 귀독의 발이 멈췄다.

'팔? 아니, 다리!'

서걱!

낌새를 눈치채고 뒤로 몸을 빼려는 귀독의 다리를 노리고 검을 내뻗었다.

얕다.

기껏해야 일 촌 정도의 깊이. 기동력을 빼앗은 정도로 치명상이라고는 할 수 없었다.

"크윽!"

다음 검격을 이어갈 틈도 없이 귀독이 몸을 뒤로 날려 거리를 벌렸다. 독연이 완전히 걷히고 보인 것은 일그러진 귀독의 얼굴이었다.

"어떻게 그 독을 마시고도 멀쩡한 거지?"

믿을 수 없다는 듯 소리치는 귀독의 말에 반응은 보이지 않았다.

아직 긴장을 풀기에는 일렀다. 아직 뭐가 남아 있을지 모르고 그중에는 효과가 있는 것도 있을 수 있었다. 그러니 최소한 귀독의 완전한 제압이 필요했다.

그렇지만 상대도 쉽게 당해줄 생각은 없어 보였다. 주변을 확인하는 눈과 아직도 남아 있는 투지가 엿보였고, 이내 허벅지의 상처를 무시하듯 몸을 날렸다.

어느 정도 거리가 있었지만 아직 귀독은 단사천의 사정거리 내에 있었고, 귀독의 다리가 움직이기 시작한 시점에서 단사천은 재차 검을 뽑았다.

스악!

귀독의 움직임을 완전히 읽어낸 발검이었지만 실수가 있었다면 단사천이 지금 내뻗은 검격은 '죽일 생각'이 아니었다는 것 정도이다.

기습을 할 때와는 달리 경고의 의미로서 팔을 노렸다. 상대의 무력이 자신의 무력에 미치지 못한다는 것을 확인했고, 가능하다면 배후를 캐내서 그들의 목적을 알고자 했던 것이다.

협의지심이 발동해 그들의 잔악한 계획을 막겠다는 것이 아니라 그저 이후로 엮이는 것을 피하기 위해서였다.

하지만 귀독은 검을 무시하고 내달렸다.

수투와 보호대가 찢기고 손목에서 어깨까지 이어지는 상흔에도 멈추지 않고 내달려 가파른 절벽을 향해 일말의 망설임도 없이 몸을 날렸다. 그리 높지 않은 바위산이라고는 하지만 절벽이었다.

밑으로는 약 오 장(15m)에 달하는 높이, 내상과 외상을 모두 입은 그의 상태로는 반쯤은 자살 행위에 가까운 일이었지만 귀독의 눈은 체념으로 죽어 있지 않고 기괴하게 빛나고 있었다.

"뽑아!"

누구에게 명령하는 것인가. 그것을 알지 못했다. 그게 단사천의 두 번째 실수였다.

다만 알았다고 하더라도 완전히 제압할 수 있었을지는 의문이다. 움직인 것은 한둘이 아닌 남아 있던 수십여 명의 마인 전원이었다.

직전에 같은 수를 베었다지만 그건 상대를 경계하며 제자리에 서 있던 자들이었다.

단사천에게는 아직 시시각각 변하는 궤적을 하나로 이어낼 무리(武理)가 부족했다.

그렇지만 그 외침과 함께 머리에 스쳐 지나간 직감이 몸을 움직이게 했다.

당장 현재 벌어진 상황에 대처하기 위해 이제는 사정거리 바깥으로 날아간 귀독을 무시하고 십여 명의 시체가 겹겹이 쌓인 바위로 향하는 마인들을 베어 넘기지만 역시 무리였다.

스무 명을 베었다. 말도 안 되는 속도였지만 전혀 다른 방향에서 몰려드는 자들까지 멈춰 세울 수는 없었다.

결국 쇠막대가 뽑혀 나갔다.

모두가 무엇인가 일어날 것이라고 예감했다.

단사천처럼 직감이 아니더라도 무리의 우두머리로 보이는 귀독이 저렇게 몸을 날렸다. 무엇인가 일어날 것이라고 의심하는 것이 당연했다.

이윽고 예감은 현실이 되었다.

그 자리의 모두가 눈으로는 보지 못해도 느낄 수 있었다. 이미 혈기와 광기, 그리고 마기로 혼탁해진 기가 요동치며 흐름을 만들어내고 있었다.

말로 형용할 수 없는 거력이 일렁이며 있지만 그것뿐이라면 괜찮았다. 방향성 없이 흐를 뿐인 기라면 아무리 광대하다 해도 괜찮았다.

그리고 세 번째가 시작되었다.

"혈신이시여!"

"이 목숨 바치나이다!"

처음 예상한 것 이하의 상황에 안심하는 찰나 남아 있던 마인들이 외침과 함께 자해를 시작했다.

이미 저들의 목적은 실패했다. 누구도 보장하지 않았지만 그렇게 판단해 버린 탓에 그들에게 행동할 여유를 주고 말았다.

마인들은 망설임 없이 자해를 시행했다.

방금 바위에 박혀 있던 것과 비슷한 쇠막대를 심장에 꽂아 넣자 막대의 표면에 가득한 범어가 피에 물들듯 검붉은 색으로 변했고, 그것에 호응하듯 허공에 흐르던 혼탁한 기운들이 날뛰기 시작했다.

새하얀 바위는 보다 크게 깨지고, 그 틈새를 통해 마치 용천이 뿜어져 나오듯 더욱 거대한 기가 뿜어져 나왔다.

"이거 위험한데……."

패천방의 무사가 내뱉은 한마디에 모두가 동의를 표했다. 이제는 숫제 눈으로 보일 정도로 뭉쳐지고 있는 기였다. 어떤 일이 벌어질지 알 수 없었다.

"일단 최대한 멀리 벗어나는 편이 좋겠습니다."

이러한 현상에 대한 지식이 없는 것은 모두 같았다. 대처가 불가능하다면 일단 대피하는 편이 옳았다.

곧 모두가 움직이기 시작했지만 단사천만은 제자리에 못 박힌 듯 서 있었다. 아니, 움직일 수가 없었다.

영지에 흐르는 기는 보통 자연의 성질을 띤다.

지맥을 따라 흐르는 기는 화기(火氣)이거나 수기(水氣), 금기(金氣), 토기(土氣) 같은 것들이 대부분이며, 이곳 의선문의 내원에 존재하는 영지는 토기에 바탕을 두었다. 그리고 이곳 영지의 모든 기가 모이는 중심은 의선등천지암이라 불리는 새하얀 바위였다.

잡티 하나 없이 새하얀 그 바위는 겉모습을 제외하면 특별할 것이 없었다. 그저 다른 바위보다 조금 더 많은 기를 가지고 있을 뿐.

그렇기에 그 바위는 영지의 중심으로서 매개체가 되었고, 영지를 안정시키는 역할을 하게 되었다. 그러던 것이 파괴되어 매개체를 잃은 영기가 날뛰기 시작했다.

보통이라면 매개체가 망가져도 주변에서 적당한 것을 매개체로 삼아 다시 영지를 구축할 터이지만 귀독과 그 부하들의 수작으로 인해 지맥이 뒤틀렸다.

매개체를 파괴하기 위해 사용한 마기가 영기에 섞이고 의선문을 가득 메우고 있던 독기가 재차 섞여 들어갔다.

더 이상 순수하다고 할 수 없는 영기는 자연계에서 매개체를 찾을 수 없었다.

이 정도의 탁기를 중화시켜 줄 것이 필요했다. 하지만 어중간한 것으로는 안 되었다.

이 돌산에는 의선문이 만들어놓은 창고에 보관된 무수한 영약이 보관되고 있지만 그것들로는 모자랐다.

그리고 거기에서 발견된 것이 단사천이었다.

단사천이 없었다면 매개체를 찾지 못한 영기는 사방으로 흩어져야 했다.

그리고 영기가 막고 있던 독(毒)이 그 자리를 대신해 사람이 살 수 없는 독지(毒地)가 만들어져야 했다.

그것이 귀독이 노리는 것이었지만 단사천의 존재가 그것을 막았다.

인간으로서는 물론이고 어지간한 영약보다도 크고 맑은 기운을 품고 있는 존재였으며, 영지의 그것에는 미치지 못하지만 거의 그에 준하는 영기(靈氣)였다.

기는 그렇게 단사천을 바위 다음의 매개체로 선택했다.

*　　　*　　　*

주화입마, 불이 달리고 마귀가 들어온다. 말로만 들어본 현상이다.

본래의 개념과는 다를지 모르지만 어쨌든 통제할 수 없는 막대한 기가 쏟아져 들어오고 내기가 그에 휘말려 흩어지고 날뛰는 급박한 상황은 처음이다.

거부해도 반쯤 유형화가 진행된 기가 쏟아져 들어온다.

내공을 꺼내어 길을 막고 육신을 보호하지만 소용없는 짓이었다. 자연과의 내공 대결이나 다름없었다. 버틸 수 있을 리가 없었다.

지금 단사천이 상대하려고 한 것은 옆에서 본다면 마치 단사천이라는 존재가 빛에 휩싸인 것처럼 보일 정도로 막대한 기운이었다.

결국 침입을 허용하고 신체를 유린당하지만 그것만으로도 대단한 것이었다.

인간이라면 견딜 수 없는 기운이었다. 당장에라도 한 줌 핏물이 되어도 이상하지 않았다.

호체보신결로 기맥을 단련하지 않았다면, 무광검도의 무지막지한 기의 운행법이 없었다면 한순간도 버티지 못했을 정도의 기의 급류에 단사천은 휩쓸리고 있었다.

'아직! 이대로는 안 끝나!'

이미 혈도는 망가질 대로 망가졌고 기의 격류에 단전은 금이 갔다. 진기는 흩어지기 직전이며 오장육부는 한계에 이르렀다. 그래도 포기할 수는 없었다.

호체보신결의 진기를 이었다.

넘쳐흐르는 영기를 거슬러 간신히 한 줄기의 진기를 엮고 인면지주의 독을 먹어치우던 것처럼 장기의 독을 조금씩 녹여나갔다.

그렇게 아주 조금씩 다시금 내공을 불려 흩어지려는 단전을 유지시키고 혈도를 묶어냈다.

한순간도 긴장을 놓을 수 없는 순간이 이어지고 갑작스레 한 단계 더 깊은 수준에 닿았다.

거기는 특별한 깨달음은 없었다.

오로지 극한의 보신 본능이 전인미답의 경지, 점창 누구도 오를 수 없던 칠심(七深)의 경지로 이끌었다.

새로운 경지에 오른 보신결은 막대한 영기의 압력을 해소하기 위해 단사천의 육신을 인간의 한계 이상으로 바꿔놓았지만 그것도 곧 한계를 맞이했다.

파국이다.

본디 인간이 버틸 수 있는 크기의 기운이 아니었다. 아무리 단련한다 해도 인간의 그릇에 담길 것이 아니었다.

결국 기의 급류에 휩쓸려 기맥이 찢겨나가고 혈맥이 터져 나가기 시작했다. 단전의 균열이 커지고 그 내부에 담겨 있던 기운이 흩어졌다.

'아! 끝인가?'

지금도 온몸에서 끊임없이 존재를 알려오는 고통에 대한 감상보다도 허탈함이 앞섰다.

어이없는 끝이고 허망한 끝이었다.

이렇게 한순간에 손쓸 도리 없이 끝나지 않기 위해 그토록 노력해 왔는데도 이 꼴이다.

그 시점에서 단사천의 의지는 포기했다. 더 이상 손쓸 방법이 없었다. 어쩔 수 없었다.

그렇게 여기며 희미해지는 의식을 잡으려는 생각도 하지 않았다.

하지만 적어도 무의식에 잠재된 보신에 대한 강박관념은 단사천이 그렇게 포기하는 것을 허락하지 않았다.

『보신제일주의』 2권에 계속…

신력을 타고났으나 그것은 축복이 아닌 저주였다.

『십자성 - 전왕의 검』

남과 다르기에 계속된 도망자의 삶.
거듭된 도망의 끝은 북방 이민족의 땅이었다.
야만자의 땅에서 적풍은 마침내 검을 드는데……!

"다시는 숨어 살지 않겠다!"

쫓기지 않고 군림하리라!
절대마지 십자성을 거느린
적풍의 압도적인 무림행이 시작된다!

Book Publishing CHUNGEORAM

철백 新무협 판타지 소설